Lengua castellana y Literatura

1 2 3º 4 secundaria

Composición de textos escritos

AUTORES
M.ª Teresa Bouza Álvarez, José Manuel González Bernal, Ana Lahera Forteza,
Fernando de Miguel Losada, Alicia Romeu Rodríguez

Cuadernos Oxford

Oxford EDUCACIÓN

Índice

1	Los géneros periodísticos	4
2	El reportaje	8
3	La entrevista	12
4	La narración	16
5	La descripción	20
6	El diario personal	24
7	El diálogo	28
8	Los foros de debate	32
9	La exposición	36
10	Circulares y reglamentos	40
11	Actas, convocatorias y órdenes del día	44
12	Proyectos e informes	48

1 Los géneros periodísticos

Los géneros informativos

- Los **géneros informativos** ponen en conocimiento de los lectores **hechos** o **acontecimientos** novedosos considerados de **interés general**.
- Los principales géneros informativos son la **noticia** y el **reportaje**.

Jorge Garbajosa, elegido «novato» del mes en la Conferencia Este

En 30 partidos promedia 9,2 puntos; 5,8 rebotes; 2,1 asistencias y 1,2 robos de balón

El ala pívot de los Raptors de Toronto Jorge Garbajosa ha sido designado «novato» del mes de diciembre en la Conferencia Este. El internacional español, brillante en su primera temporada en la NBA con los Raptors, ha conseguido un promedio de 9,2 puntos; 5,8 rebotes; 2,1 asistencias y 1,2 robos en los treinta partidos que ha disputado, veintitrés de ellos como titular.

Garbajosa, de 28 años, mejoró mucho sus estadísticas habituales durante el mes de diciembre. El madrileño ha logrado diez o más puntos en los partidos de diciembre y lideró además a su equipo en anotación en un partido, en rebotes en cuatro ocasiones y otra en asistencias. Su mejor partido del mes lo protagonizó el pasado día 17 ante los Warriors, consiguiendo 18 puntos, la puntuación más alta, además de 11 rebotes y cinco asistencias para ayudar a su equipo a conseguir el triunfo (120-115).

elpais.com, 3 de enero de 2007

1 Lee el texto sobre Jorge Garbajosa y contesta las cuestiones:

- ¿Quién es el protagonista de la noticia?
- ¿Qué premio ha recibido?
- ¿Quiénes se lo han concedido y por qué?
- ¿En qué equipo y en qué ciudad juega Jorge Garbajosa?

2 Busca información en Internet o en las revistas sobre un deportista al que admires y elabora con los datos que obtengas un breve reportaje. No olvides ponerle título y pegar su foto en el recuadro.

Pega aquí la foto

3 ¿Qué diferencias existen entre la noticia de la actividad 1 y el reportaje que has elaborado tú mismo en la actividad 2?

Los géneros de opinión

- Los **géneros de opinión** ofrecen **interpretaciones** o **valoraciones** de **cuestiones relevantes** para **transmitir** un **punto de vista** determinado sobre el tema.
- Los principales géneros son el **editorial** (que transmite la visión del periódico como entidad), las **cartas al director** (expresan la opinión de los lectores) y los **artículos** y **columnas** (reflejan la opinión de colaboradores habituales del periódico).

Nuevos propósitos

La víspera del comienzo del nuevo año debemos hacer recapitulación de si hemos cumplido todos aquellos propósitos que hicimos el 31 de diciembre pasado para el Año Nuevo que comienza. En la gran mayoría de los casos, la respuesta es no. Comemos lo que no podemos, bebemos lo que no debemos, gastamos más de lo que tenemos, fumamos después del trabajo lo que no nos permiten mientras trabajamos, vamos deprisa a todos los sitios, nos empujamos al subir al Metro, al bus o al tranvía, no vaya a ser que nos quedemos sin asiento... También este año hemos tenido que estar pendientes de los puntos, de aquellos que intentamos que no nos quiten si nos ven conduciendo y hablando con el móvil al mismo tiempo. Hay una cosa que yo sí he cumplido; es el hacer más ejercicio, tal vez como vía de escape a toda esa adrenalina acumulada que de otra forma saldría por mi boca en forma de palabras malsonantes contra todo aquello que ven mis ojos y que mi boca debe de callar. Este es un breve resumen de los propósitos que probablemente la mayoría de nosotros tendríamos para el año que se va. Espero que este año que viene pensemos mucho más en lo que debemos hacer en el 2007, porque si no, cada vez vamos de mal en peor. Hay que ser optimistas y pensar que no es tarde para arreglar este nuestro mundo, el que estamos creando y en el que debemos ante todo convivir.

Beatriz Iglesias Sautiño
elpais.com, 31 de diciembre de 2006

4 Lee el texto y contesta las siguientes cuestiones:

- Resume en una línea el tema que plantea esta carta al director.

- Según la autora, ¿qué propuestas incumplimos con mayor frecuencia?
- ¿Qué aspecto se trata más en la carta: la información, la reflexión o la propuesta?

5 Escribe tú una carta al director en la que hagas cinco propuestas a tus supuestos lectores que sirvan para entrar con buen pie en el nuevo año.

Los géneros mixtos

- Los **géneros mixtos** combinan la **información** y la **opinión**.
- Los principales géneros mixtos son la **crónica**, la **entrevista** y la **crítica** (literaria, teatral, cinematográfica, musical, de televisión, etcétera).

El mejor programa del año

Planeta Tierra es una serie documental que sirve de homenaje a la naturaleza, al cine medioambiental, al ocio inteligente, a la belleza, al trabajo duro y a la vida. Y también un ejemplo de las posibilidades divulgativas de un medio de comunicación de masas. Una demostración palpable de cómo una televisión pública digna, ambiciosa y bien gestionada es una auténtica bendición.

Esta noche pueden ver el segundo capítulo de *Planeta Tierra,* la producción de naturaleza más espectacular realizada jamás por la BBC, la cadena pública británica. No se la pierdan. Hagan un esfuerzo y siéntense delante del televisor a las diez de la noche. Se les acumularán las sensaciones positivas. Primero disfrutarán con unas imágenes rodadas en alta definición, seleccionadas de entre más del diez mil horas de material grabado en todos los rincones del planeta. Después se congraciarán con la televisión, comprenderán que se trata de un excelente invento y que la culpa de la telebasura es de los responsables de las cadenas. Finalmente, volverán a creer en la televisión pública.

Han sido necesarios cuatro años, cuarenta equipos de rodaje y veintiséis millones de euros para crear *Planeta Tierra*. Un esfuerzo titánico realizado por la televisión pública británica, un proyecto monumental que justifica por sí mismo la existencia de una televisión pagada por los ciudadanos.

Javier Pérez de Albéniz
elmundo.es, 3 de enero de 2007

6 Analiza la estructura del texto.

Titular	
Introducción	Desde _____ hasta _____
Cuerpo	Desde _____ hasta _____

7 Resume brevemente el contenido de cada párrafo.

Párrafo 1.º >
Párrafo 2.º >
Párrafo 3.º >

8 Completa la tabla con frases del texto.

Información objetiva	Opiniones del articulista

9 Elige la opción correcta. La crítica es un género…

a) Objetivo.   *b)* Subjetivo.   *c)* Mixto.

COMPÓN TU PROPIO TEXTO

10 Realiza una crítica personal sobre uno de los siguientes temas:

Crítica musical	El último disco de tu cantante o grupo de música favorito.
Crítica cinematográfica	La última película que has visto en el cine.
Crítica literaria	El último libro que has leído.

- Para ello, sigue los siguientes pasos:

  1. Elabora una lista de los aspectos que te han gustado y otra con aquellos que te parecen criticables.

  2. Justifica tus opiniones. Intenta plantear argumentos que sean objetivos.

  3. Elabora una presentación en la que expongas cuál es el tema de tu artículo. No olvides señalar el título del disco, película o libro, su autor o autores, el tema que trata…

  4. Redacta la crítica con los puntos que has recogido en tu listado. Debes ser ordenado en tu argumentación y cuidar la ortografía.

  5. En el último párrafo, resume en una idea clave por qué te ha gustado o no la obra.

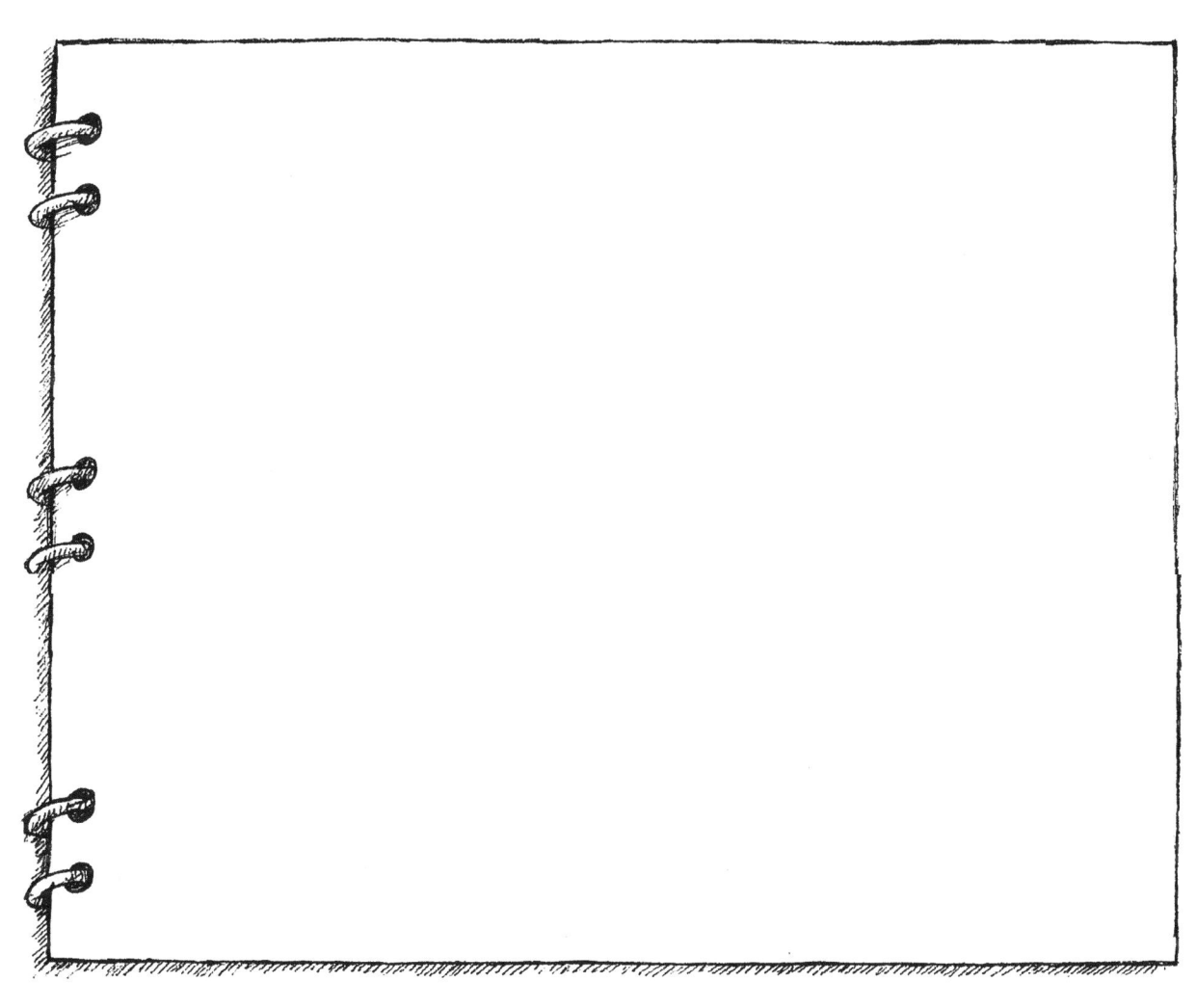

2 El reportaje

Datos y estructura de los reportajes

- El **reportaje** es un **texto informativo** en el que se trata un **tema** de **manera amplia** desde **una o varias perspectivas**.
- En general, los reportajes se estructuran en cuatro partes: el **titular**, el **párrafo inicial**, el **cuerpo** y el **párrafo final**.

Mil millones de árboles para 2007

La ONU lanza una campaña de reforestación dirigida a todo el mundo.

Para remediar la deforestación sufrida por la Tierra en la última década haría falta plantar catorce mil millones árboles al año durante los próximos diez años y cubrir con ellos el equivalente a dos veces la superficie de España. El Programa de Medio Ambiente de la ONU ha decidido empezar la tarea marcándose un objetivo más modesto, aunque también enorme: plantar al menos mil millones de árboles en 2007.

La deforestación es una de las principales causas del cambio climático, cuyas evidencias son cada vez más indiscutibles. El efecto de la pérdida de vegetación es equivalente a casi el veinte por ciento de las emisiones debidas a la quema de combustibles fósiles. Por eso, el Protocolo de Kioto reclama específicamente la conservación de los bosques.

La impulsora de la iniciativa es la ecologista keniata Wangari Maathai, Premio Nobel de la Paz en 2004, cuya fundación ha plantado más de treinta millones de árboles en doce países africanos durante las últimas tres décadas. En 1977, Wangari Maathai fundó el Movimiento Cinturón Verde (Green Belt Movement) en Kenia. Desde entonces, cerca de novecientas mil mujeres de zonas rurales han trabajado en la conservación y la lucha contra la deforestación a través de esta iniciativa que se ha contagiado a los países vecinos.

Maathai, la primera africana que recibió el Nobel de la Paz, se dio cuenta enseguida de que «la degradación ambiental y la pobreza van tomadas de la mano, para empezar, por la falta de agua potable que provoca». De momento, ya se han plantado dos de los más de ciento cincuenta y cinco millones que se han prometido. Por algo se empieza.

elpais.com
3 de enero de 2007 (Adaptación)

---

1 ¿Cuál es el tema del reportaje?

2 Indica qué tipo de información (datos, testimonios, etc.) se utiliza en el texto.

3 ¿Cómo se consigue captar nuestra atención en el párrafo inicial o de entrada?

4 Explica cómo se cierra el reportaje.

Las citas textuales

> ■ Una **cita textual** consiste en la **reproducción exacta** de las **palabras que alguien ha dicho o escrito** (declaraciones de un experto o fragmentos de un texto).

5 En el reportaje de la página anterior aparece una cita textual; localízala y explica cómo se presenta.

6 Observa otras citas textuales en los siguientes fragmentos tomados del mismo reportaje y contesta las cuestiones que se plantean junto a ellas:

Achim Steiner, director ejecutivo de UNEP, señaló: «Con esta campaña queremos mandar un mensaje muy claro a los poderes políticos de todo el mundo de que el tiempo de esperar y ver se ha agotado, que la lucha contra el cambio climático puede empezar por mil millones de pequeños pero significativos actos. [...] Pero no solo se trata del cambio climático», ha dicho la Premio Nobel de la Paz Wangari Maathai, «cuando plantamos árboles, plantamos las semillas de la paz y de la esperanza».

elpais.com
3 de enero de 2007 (Adaptación)

■ ¿Qué verbos introducen las dos citas?

■ Transforma al estilo indirecto la primera cita.

7 El siguiente texto recoge fragmentos de un reportaje sobre el aprendizaje del español por parte de inmigrantes chinos en España; transfórmalo de manera que contenga citas textuales (por ejemplo: «Por mi cuenta fui aprendiendo algunas palabras...», dice Limei):

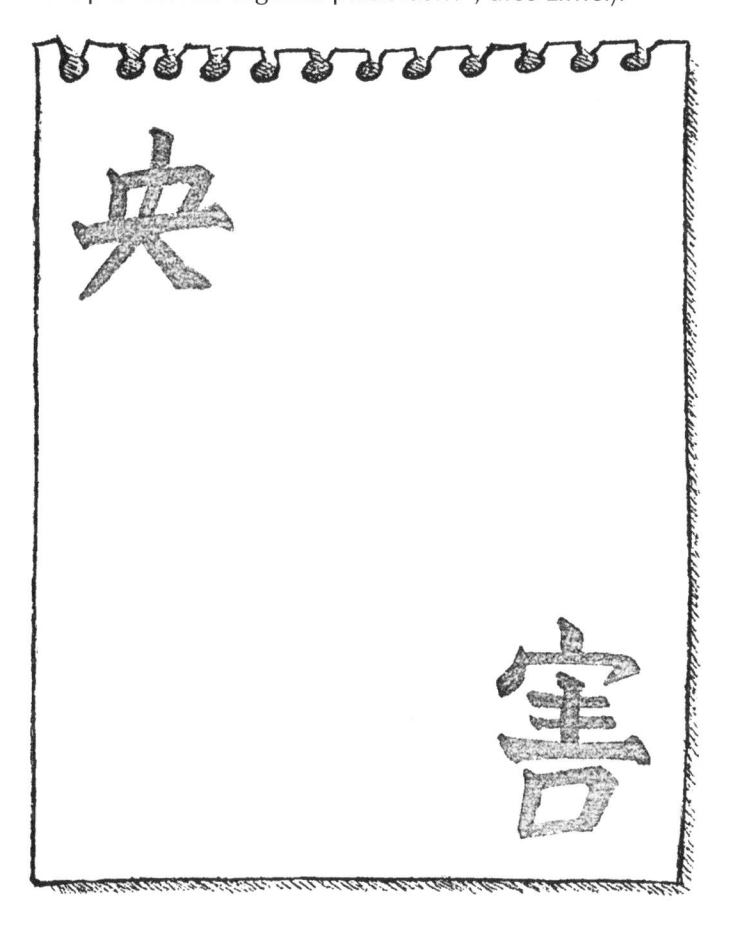

Clases de lengua y cultura españolas para inmigrantes chinos

Limei, de 38 años, llegó hace año y medio a Madrid con su marido; por su cuenta fue aprendiendo algunas palabras en castellano, pero se le hacía cuesta arriba y no lo dudó cuando le informaron de las clases organizadas por los servicios sociales. Subraya que necesitaba hablar bien español para su trabajo, porque, si no, no podía relacionarse con la gente de aquí, y que le gustaría tener amigos españoles, pero era imposible por no saber hablar su idioma. A Chen Xu le animó su madre. Dice que ella le insistió para que viniera a clase, porque insistía en que necesitaba aprender castellano para tener un futuro en España. La profesora explica que en las clases pretende que se aprendan expresiones y nociones de la vida cotidiana y que el contacto con sus alumnos le ha despertado el interés hacia su cultura milenaria.

El País, 3 de enero de 2002 (Adaptación)

Forma y orden de presentación

- La **información del reportaje** debe presentarse de **forma clara** y **ordenada**.
- Ha de incluir un **párrafo inicial** que atraiga la atención del lector. Para ello, pueden servir los testimonios de personas, contenidos de interés humano, datos significativos…
- El **párrafo final** puede incluir **conclusiones** o **comentarios** que inviten a la reflexión.

8 Observa la redacción de este párrafo inicial de un reportaje sobre el cuidado de ancianos por inmigrantes suramericanos e indica cómo se consigue atraer la atención del lector.

> El viejo de las piernas cortadas se quedó mirando una hiedra y oyó a su acompañante ecuatoriano que decía: «Así hay que agarrarse a la vida, señor, que en las manos de uno está el vivir o no vivir». El anciano contestó que ya era tarde, pero el joven inmigrante insistió: «Agárrese a la vida y no se aflija, señor, que pronto será primavera». No hace mucho, el escritor Manuel Vicent contempló una escena así y la contó en su columna de este periódico. Al leerla, un médico de Madrid escribió una carta al director que empezaba así: «Hace días encontramos triste a una paciente; tratamos de animarla sin conseguirlo y, al despedirnos, su cuidadora nos dijo: "No se preocupen, doctores, que yo ahorita le hablaré bonito"».
>
> *El País*, 10 de marzo de 2002

9 Analiza ahora el párrafo de cierre: ¿qué crees que pretende el autor con esta reflexión final?

> En su carta, el doctor Aboin apuntaba a modo de rúbrica: «En esta época en que tanto se zahiere con la palabra, estos jóvenes inmigrantes, a veces tan injustamente tratados, podrían, entre otras cosas, darnos lecciones de hablar bonito».

10 Extrae de los párrafos anteriores dos citas textuales y analiza qué tipo de información aportan y cómo se presentan.

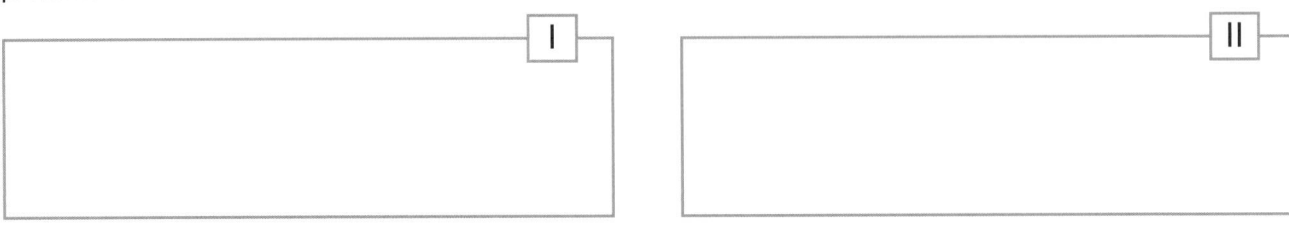

I	II

11 Redacta un párrafo inicial para un reportaje sobre el trasatlántico *Queen Elizabeth II*. A continuación tienes algunos datos necesarios, tomados de *La Voz de Galicia* del 9 de octubre de 2006.

- El *Queen Elizabeth II* es el quinto mayor trasatlántico del mundo.
- Es una ciudad flotante con capacidad para 1 747 pasajeros y 1 022 tripulantes.
- Se cuida el lujo y continúa vigente la tradición de vestirse de etiqueta para la cena o el privilegio de sentarse a la mesa del capitán.
- Entre sus pasajeros se encuentran personalidades como Nelson Mandela o David Bowie.
- Está atracado en el puerto de A Coruña.

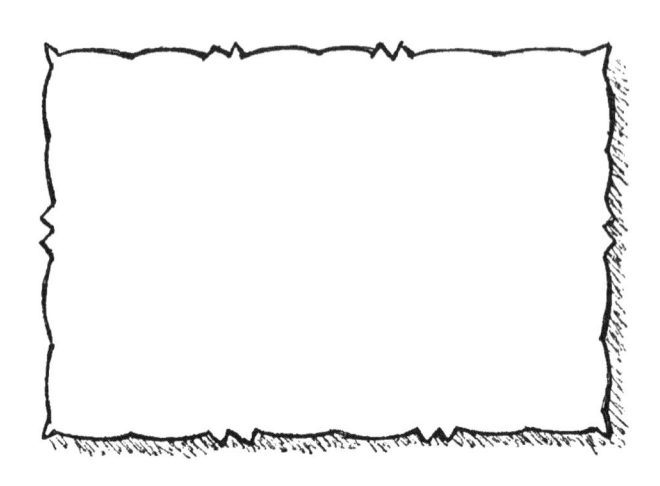

COMPÓN TU PROPIO TEXTO

12 Elabora un reportaje sobre los *graffiteros* a partir de la siguiente información:

- De los 1459 monumentos que Madrid alberga —estatuas, fuentes, lápidas, puertas y arcos triunfales—, al menos 674 fueron objeto de distintas actuaciones durante el año pasado para suprimir los efectos de pintadas.

- Con sus 398 hitos, Centro es el distrito más dañado por los *graffiteros*.

■ Elige una o varias de estas perspectivas para tu reportaje:

☐ Un ciudadano normal.   ☐ Un representante de Patrimonio Nacional.

☐ Un *graffitero*.   ☐ Los servicios de limpieza del Ayuntamiento.

■ Incorpora alguna de las siguientes citas en tu reportaje:

- «Un aerosol de los que suelen usar cuesta entre 2,50 y 4 euros», dice un droguero del barrio de la Concepción. «Aquí no vienen a comprarlos; por eso, yo creo que no los adquieren ni en perfumerías ni en droguerías, sino más bien en comercios de todo a cien o al por mayor».

- «Las superficies más codiciadas son las de las cocheras y los trenes porque están muy vigiladas, pero, si lo logras, tu pieza recorre el mundo, todos la ven», cuenta Ángel, un *graffitero* de dieciséis años. Afirma también: «Lo importante es encontrar un estilo propio. Cuando lo consigues, eres respetado por los demás, que comienzan a admirarte, a copiarte».

- «Este fenómeno está unido al surgimiento del *yo* durante la adolescencia. Trata de decir, precisamente: aquí estoy yo», explica Óscar Dulce, profesor de Ética en un instituto.

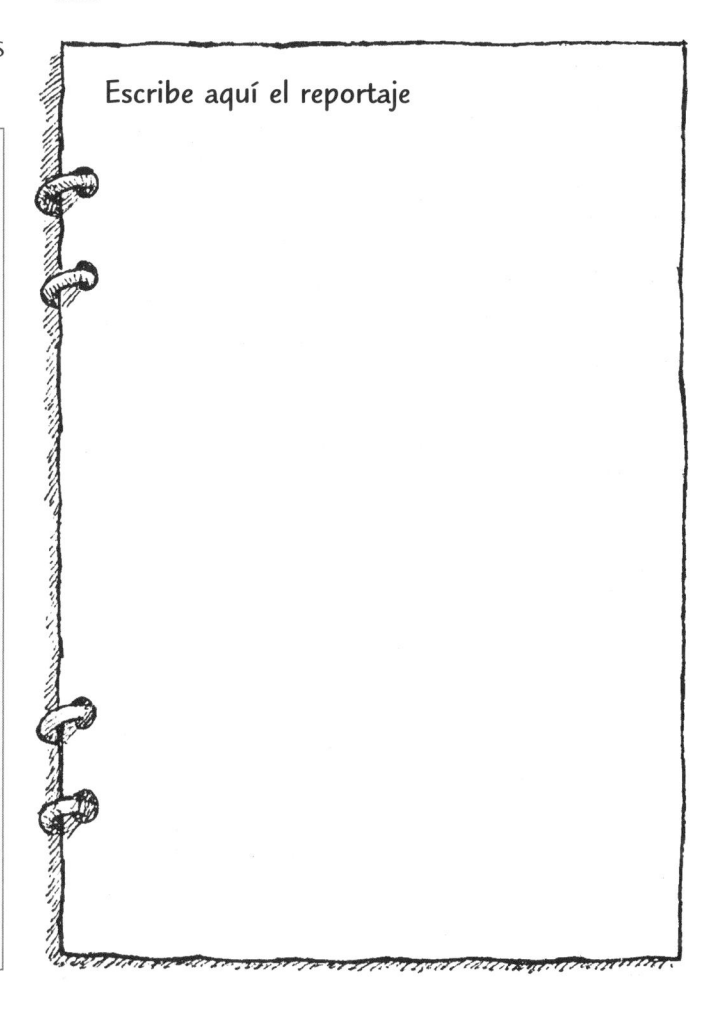

Escribe aquí el reportaje

3 La entrevista

Clases de entrevistas

- La **entrevista** es un **texto periodístico** en el que **se dan a conocer** los **pensamientos** y las **opiniones** de un personaje.
- Se distinguen dos tipos de entrevistas: la **entrevista perfil,** si la finalidad es presentar un **retrato del personaje;** y la **entrevista objetiva,** si lo que se persigue es **informar de la opinión** de un experto sobre un tema concreto.

«Un día, el éxito golpeó a mi puerta y le abrí»

A punto de publicar su décimo libro, la humorista argentina Maitena reflexiona sobre sus compatriotas, el éxito y también sobre las mujeres.

P. —¿Qué es la vida, Maitena?

R.—Hay una frase de Oscar Wilde: «Señores, esto no es un ensayo general. Esto es la vida». Lo que tenemos ganas de hacer, mejor hagámoslo ahora, y hagámoslo bien si somos capaces.

P.—¿Y cómo le va en ese intento?

R.—Bueno… no me quejo…

P.—¿Sus mujeres son usted misma?

R.—A veces sí, y a veces no. En mis historietas yo hablo, entre otras cosas, de la soledad, de enamorarse, del fracaso, del éxito, de los hijos… De circunstancias comunes a todas las mujeres.

P.—En su trabajo, ¿hay una crítica velada a la sociedad?

R.—No, no estoy de acuerdo con vos. En toda la Argentina hay gente maravillosa, que ayuda a los otros, en hospitales, en escuelas, a los vecinos… Lo que ocurre es que la felicidad no sale en los diarios. El periodismo solo muestra malas noticias y la vida no es así. Hay buenos momentos y buenas personas, solidarias, dispuestas a querer al prójimo y ayudarlo.

P.—¿Trabaja para esas personas?

R.—Trabajo más para las mujeres, de todas las edades, desde nenas chiquitas hasta mujeres de setenta años o más.

P.—¿Y por qué cree que le gustan tanto a la gente sus trabajos?

R.—Supongo que algunas personas se reconocen en lo que les pasa a mis personajes.

P.—Lo que le pasa a usted misma, digamos.

R.—No, no cuento la historia de mi vida.

P.—¿Le gusta que la conozcan, ser famosa?

R.—Bueno, tan famosa no soy. Pero es bueno que a uno le reconozcan que hace un trabajo más o menos bien. Hay una cosa curiosa. Fuera de la Argentina, por ejemplo, en el resto de América Latina, creen que soy española.

revistanueva.com

---

1 ¿Es el texto anterior una entrevista perfil o una entrevista objetiva? Justifica tu respuesta.

2 ¿Qué cualidades de la entrevistada se desprenden del texto?

3 Distingue en el texto las tres partes de una entrevista.

Título	Presentación	Diálogo
Desde _____ hasta _____	Desde _____ hasta _____	Desde _____ hasta _____

Las fuentes de información

> ■ Se denominan **fuentes de información** aquellos **lugares, documentos** o **personas** que permiten **obtener documentación** sobre un tema o un personaje determinados.

4 Imagina que tienes que hacer una entrevista a un personaje sobre el cual solo te han proporcionado la información que figura en el recuadro. Contesta las preguntas que figuran a continuación del mismo e indica luego cuáles han sido tus fuentes de información.

> 🖉 Es el ganador del Premio Príncipe de Asturias de las Letras del año 2002.
>
> 🖉 Estuvo casado con una conocida actriz de Hollywood, protagonista de una famosa película en la que los actores Tony Curtis y Jack Lemmon se disfrazan de mujeres.
>
> 🖉 El director de este filme rodó también una película llamada *El apartamento*.

■ ¿Quién es la conocida actriz de Hollywood?

　Julia Roberts ❑　　　　Marilyn Monroe ❑　　　　Audrey Hepburn ❑

■ ¿Qué película protagonizó esta actriz junto a Jack Lemmon y Tony Curtis?

■ ¿Quién fue su director?

■ ¿A quién debes entrevistar?

■ Averigua cuáles son sus principales obras.

■ Indica cuáles han sido las fuentes de información que has consultado.

Libros, revistas y periódicos	
Archivos informáticos y medios audiovisuales	
Encuestas y entrevistas	

5 Explica el proceso de consulta de las fuentes de la actividad anterior; ¿por dónde has empezado?

El retrato de personajes

- Para hacer el **retrato de un personaje,** deben señalarse sus **rasgos** más destacados, referidos tanto al **carácter** como al **físico.**
- Dichos rasgos pueden **presentarse directamente** (utilizando **adjetivos** y **sustantivos**) o **indirectamente** a través de los actos que realiza el personaje (por medio de **verbos**).

6 Lee con atención los siguientes ejemplos de retrato de personajes extraídos de Wikipedia.

Pau Gasol Sáez (nacido el 6 de julio de 1980) es el segundo baloncestista español que ha logrado jugar para un equipo de la NBA, además del primero en jugar un partido All-Star (Houston 2006).

Pau empezó a jugar al baloncesto en las categorías escolares de su colegio y posteriormente fue fichado para jugar en el Cornellà, que en esa época hacía funciones de cantera del F. C. Barcelona. Ya entonces le empezó a resultar incompatible la vida de estudiante con el deporte de élite, de hecho empezó Medicina, pero lo dejó a los pocos meses porque no podía compaginarlo con el baloncesto. Sin embargo, mantiene que su objetivo en la vida es seguir los pasos de su madre y convertirse en médico en el futuro.

En su numerosa obra, cualquier hecho cotidiano se convierte en fantástico. En la actualidad, Millás colabora en prensa y radio; sus columnas de los viernes en el diario *El País* tienen un gran número de seguidores, por la sutileza y originalidad de su punto de vista para tratar los temas de actualidad, así como por su compromiso social. Ha ganado prestigiosos premios de periodismo, como el Francisco Cerecedo 2005. En el programa de radio *La ventana* de la Cadena Ser dispone de un espacio en el que anima a los oyentes a enviar pequeños relatos sobre palabras del diccionario, con los que está construyendo un glosario.

Desde muy niña, Rigoberta Menchú aprendió a querer y respetar la naturaleza, las tradiciones y la vida colectiva de su comunidad indígena. También aprendió a vivir con la injusticia y la pobreza extrema en la que están muchos de los indígenas mayas.

El Premio Nobel le fue otorgado por su trabajo por la justicia social y la reconciliación etnocultural, basada en el respeto a los derechos de los indígenas.

En la lectura del Premio, reivindicó los derechos históricos de los pueblos indígenas y denunció la persecución sufrida desde la llegada de los europeos al continente americano, momento en que concluyó una civilización plenamente desarrollada en todos los ámbitos del conocimiento. También habló de la necesidad de paz, desmilitarización y justicia social en su país, Guatemala, así como el respeto por la naturaleza y la igualdad para las mujeres.

7 Completa la siguiente tabla con los rasgos que se han seleccionado de cada uno de los personajes descritos.

	Rasgos presentados directamente	Rasgos presentados indirectamente
Paul Gasol		
Juan José Millás		
Rigoberta Menchú		

COMPÓN TU PROPIO TEXTO

8 Escoge la persona de las fotografías que te resulte más interesante y prepara una entrevista perfil para hacerle; para ello, contesta las siguientes cuestiones.

- ¿Qué título le pondrías a la entrevista?

- Redacta un retrato de la persona elegida en el que incluyas directa e indirectamente rasgos físicos y de carácter.

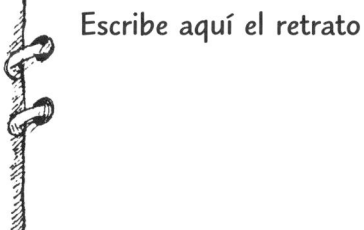

> Escribe aquí el retrato

- ¿Cómo imaginas que ha podido ser su vida? Redacta las preguntas que te gustaría hacerle.

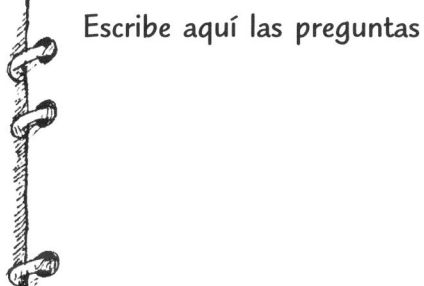

> Escribe aquí las preguntas

4 La narración

La narración: elementos y estructura

- La **narración** es un tipo de texto en el que un **narrador cuenta** una **historia** que les sucede a unos **personajes** en un **lugar** y un **tiempo** determinados.
- Su **estructura** consta de **planteamiento, nudo** y **desenlace**.

1 Lee este fragmento e indica quiénes son los personajes de esta historia y en qué lugares transcurre.

> *Un viejo rabino que se llamaba Eisik, hijo de Jekel, y que vivía en Cracovia, tuvo un sueño que le ordenó con precisión dirigirse a Praga. Allí, debajo del gran puente que conducía al castillo del rey, descubriría un tesoro.*
>
> *El rabino rechazó aquel sueño e intentó olvidarlo. Pero el sueño lo persiguió con tanta tenacidad que al final el rabino se puso en camino. En Praga, el gran puente se encontraba tan bien vigilado día y noche por temibles centinelas que el rabino no se atrevió a buscar el tesoro. Pero, como estaba merodeando por el puente, acabó por hacerse notar por un capitán, que le preguntó con severidad qué hacía allí.*
>
> *El rabino, bastante ingenuo, contó el motivo de su viaje, o sea, su persistente sueño. El oficial se echó a reír tirando la cabeza hacia atrás y se burló del rabino.*
>
> *—¡Un sueño! —exclamó—. ¿Has llevado a cabo tantos esfuerzos por un sueño?*
>
> *—Sí —dijo el rabino—, por un sueño.*
>
> *—¿Si te dijese —prosiguió el capitán sin dejar de reír— que yo también he tenido un sueño? ¡Una voz me decía que fuese a Cracovia y que allí encontraría un gran tesoro en la casa de un rabino!*
>
> *—¿En la casa de un rabino?*
>
> *—Sí, de un tal Eisik. Cerca de la estufa.*
>
> *—¿Eisik, hijo de Jekel?*
>
> *—¿Lo conoces? —preguntó el capitán.*
>
> *Pero el rabino no contestó. Ya había dado media vuelta. Volvió corriendo a Cracovia.*

Jean-Claude Carrière
El círculo de los mentirosos, Lumen

Personajes >   Lugares >

2 ¿Qué les sucede a esos personajes?

3 Distingue en el texto de qué línea a qué línea se encuentran el planteamiento y el nudo de la historia.

Planteamiento	Desde _____ hasta _____
Nudo	Desde _____ hasta _____

4 Inventa un desenlace para este cuento. ¿Crees que el rabino encontrará finalmente el tesoro?

El narrador y el orden narrativo

- El **narrador** es una **voz** que el autor inventa **para presentar** el **mundo** y los **personajes** que ha creado.
- Puede narrar en **primera persona** (narrador protagonista) o en **tercera persona** (narrador omnisciente).
- Los **hechos** que suceden en una narración **pueden presentarse** en **orden lineal** (cronológicamente), comenzando en **mitad de la acción** o mediante el *flash-back* (presentando desde el presente recuerdos de hechos del pasado).

5 ¿En qué orden se narran los hechos en el texto de la página anterior? ¿Qué tipo de narrador presenta?

6 Vuelve a escribir los dos primeros párrafos del cuento de la página 16 como si el narrador fuese el rabino.

7 Inventa ahora una breve narración en primera persona cuyos personajes y escenario sean los que presentan las siguientes ilustraciones.

El resumen narrativo

- Para realizar el **resumen** de un **texto narrativo,** debe entenderse el **planteamiento** del conflicto y establecerse cuál es la **situación final.**
- El resumen tiene que recoger solo los **hechos** que han conducido **desde la situación inicial a la final.**
- La redacción del **resumen** ha de seguir un **orden cronológico.**

En esta época hubo nuevos generales queridos por el pueblo romano. Sobre todo, uno: Cayo Julio César, que supo conseguir como otros inmensas sumas de dinero en préstamo para dar con ellas magníficas fiestas al pueblo y hacerle donaciones de grano. Pero supo también algo más. Era, sin duda, un gran general. Uno de los mayores que hayan existido. En cierta ocasión marchó a una guerra. Al cabo de pocos días llegó a Roma una carta suya en la que solo aparecían tres palabras latinas: Veni, vidi, vici. *Que significan en castellano: «Llegué, vi y vencí».*

Conquistó Francia, que entonces se llamaba las Galias, para el Imperio romano y la convirtió en provincia. César combatió allí siete años, entre el 58 y el 51 a.C. Aunque los galos se defendieron a la desesperada, César los venció una y otra vez y dejó por todas partes guarniciones de tropas. Desde entonces, las Galias fueron una provincia de Roma.

Tras la conquista de las Galias, César marchó con su ejército a Italia y fue a partir de entonces el hombre más poderoso del mundo y combatió y venció a otros generales de quienes había sido aliado anteriormente. También trabó amistad con la bella reina de Egipto, Cleopatra.

Pero los romanos eran celosos. También lo era su mejor amigo: Bruto. No querían dejarse gobernar por él. Pero como temían que los sometiera, decidieron asesinarlo. En el consejo de Estado romano, el Senado, lo rodearon de improviso y lo apuñalaron. César se defendió. Pero al ver a Bruto, dijo, al parecer: «¿También tú, Bruto, hijo mío?», y se dejó acuchillar por sus atacantes sin oponer resistencia. Era el año 44 a. C.

Ernest H. Gombrich
Breve historia del mundo
Península (Adaptación)

8 ¿Qué personajes aparecen y qué lugares y tiempos se citan en el texto?

9 ¿Cuál es el desenlace de la historia?

10 Marca con una cruz los hechos que te parece que han conducido desde la situación inicial a la final.

☐ Julio César era un gran general.

☐ Daba magníficas fiestas.

☐ Escribió una carta que decía: *Veni, vidi, vici.*

☐ Conquistó las Galias tras siete años de resistencia.

☐ Se convirtió en el hombre más poderoso del mundo.

☐ Los romanos lo envidiaban y no querían dejarse gobernar por él.

☐ Sus últimas palabras fueron: «¿También tú, Bruto, hijo mío?».

11 Teniendo en cuenta lo anterior, redacta un resumen de cuatro líneas sobre el texto de Gombrich.

COMPÓN TU PROPIO TEXTO

12 Escribe una narración a partir del siguiente planteamiento. Recuerda que debes escoger el orden en el que vas a narrar los hechos e incluir diálogos adecuados a los personajes y a la historia.

Esta historia sucedió en Francia poco antes, durante y poco después de la Segunda Guerra Mundial. El protagonista se llama Leprince (el nombre, sin que se sepa por qué, le cuadra aunque él es todo lo contrario de un príncipe: de clase media venida a menos, carece de dinero, de una buena educación, de amistades convenientes) y es escritor.

Roberto Bolaño
Llamadas telefónicas, Anagrama

Escribe aquí la narración

5 La descripción

La descripción y sus clases

- **Describir** consiste en decir **cómo es** un **objeto, persona, animal, lugar** o **proceso**.
- Una **descripción** puede ser **objetiva** (si presenta directamente la realidad) o **subjetiva** (si se reflejan en ella las opiniones del autor).
- Las **descripciones subjetivas** aparecen, fundamentalmente, en **textos literarios**.

1 ¿Qué describe, en general, el siguiente texto?

> Los domingos por la mañana bajaba Rafael a la feria de libros. Solía ir con un oficial barbero, gran aficionado a las novelas policíacas, que vivía en el piso bajo y tenía conchabanzas[1] con algunos libreros. Los puestos se extendían desde la esquina de la Ronda hacia la Plaza de España sin término fijo para su acabamiento. Los puestos se alineaban sobre el encintado derecho, hasta media acera. La gente revoloteaba y picaba en los tomos dispuestos en mostradores o cajoncillos. Salían a la venta tomos desparejados, folletos, novelas por entregas, tomos encuadernados de revistas desaparecidas, guías, ejemplares faltos de cubiertas o con pliegos repetidos, volúmenes sueltos e incompletos de colecciones rebuscadas, cansados de tanta mano y poco ojo. Los revendedores eran, por lo general, comerciantes con librerías de viejo, que liquidaban en la mañana del domingo lo que juzgaban inservible en sus diarios negocios de segunda mano. Se reunían a su alrededor los aficionados a leer con pocos posibles; los hurgoneadores faltos de un segundo tomo; los que se pasaban de listos, en espera de la milagrosa ganga; los que iban a tomar el sol al olor de los libros, por no perder la costumbre de lo impreso; algunos jovencillos en mal de formarse una biblioteca. [...] Venían a ser unos «encantes»[2] literarios donde se reunían seres que no pueden pasar día sin hurgar librería y que se alegraban de ese subsidio matinal del domingo. El sol lo doraba todo y los volúmenes se calentaban el polvo, que era mucho. La gente bullía con tranquilidad.
>
> Max Aub
> *Campo cerrado*, Santillana

[1] **conchabanza:** trato.
[2] **encante:** rastro, mercado de viejo.

2 Enumera los elementos (objetos o personas) concretos que aparecen descritos en él.

3 ¿Es esta una descripción objetiva o subjetiva? ¿Por qué?

- Subraya en el texto los comentarios del autor, los puntos de vista y las valoraciones.

4 ¿Crees que este fragmento es una descripción literaria? Argumenta tu respuesta con ejemplos del texto.

El orden en la descripción

- A la hora de **describir,** debe seguirse un **determinado orden:** de izquierda a derecha, de arriba abajo, de lo general a lo particular o viceversa.
- En la **descripción de procesos,** para señalar la secuencia de acciones se utilizan expresiones como *primero, después, a continuación, en primer, segundo… lugar, por último…*

Elecciones

Convocar unas elecciones conlleva una serie de pasos imprescindibles establecidos en la Ley Electoral.

① Durante la campaña electoral, los políticos emplean todas sus fuerzas para convencer a los votantes. Mítines, conferencias, reuniones y actos populares copan la agenda de los políticos en esas dos semanas. La campaña concluye dos días antes de los comicios, dejando el día previo para la reflexión particular.

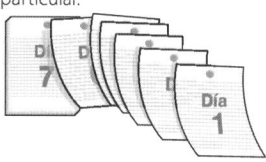

② Comienza la votación a las 9.00 horas. Los electores pasan por la cabina para introducir las papeletas en los sobres. A continuación, se acercan a la mesa, donde entregan su DNI. Tras esto, sin ocultar el sobre ni un momento, lo introducen en la urna.

③ A las 20.00 horas concluye la votación. Solo falta introducir las papeletas remitidas por correo. Da comienzo el escrutinio.

④ En el escrutinio se aplica la ley d´Hont, el mecanismo vigente en España en los comicios generales y municipales. Es proporcional y favorece a los partidos mayoritarios.

⑤ Por último, los resultados finales se dan a conocer de madrugada.

Un universo de imágenes, Aula de *El Mundo*

5 Subraya en el texto todas las expresiones que indiquen la secuencia de las acciones.

6 ¿Cómo se señalan en el cuadro cada una de las fases del proceso de unas elecciones?

7 Explica, siguiendo el modelo, el proceso de las elecciones a delegado de curso que se realicen en tu centro.

El cuadro sinóptico

- Los **cuadros sinópticos** son **gráficos que representan** visualmente, de forma esquematizada, la **descripción de procesos**.
- Los cuadros sinópticos funcionan como **resúmenes visuales** y en ellos se **combinan imágenes, iconos** y **textos verbales**.

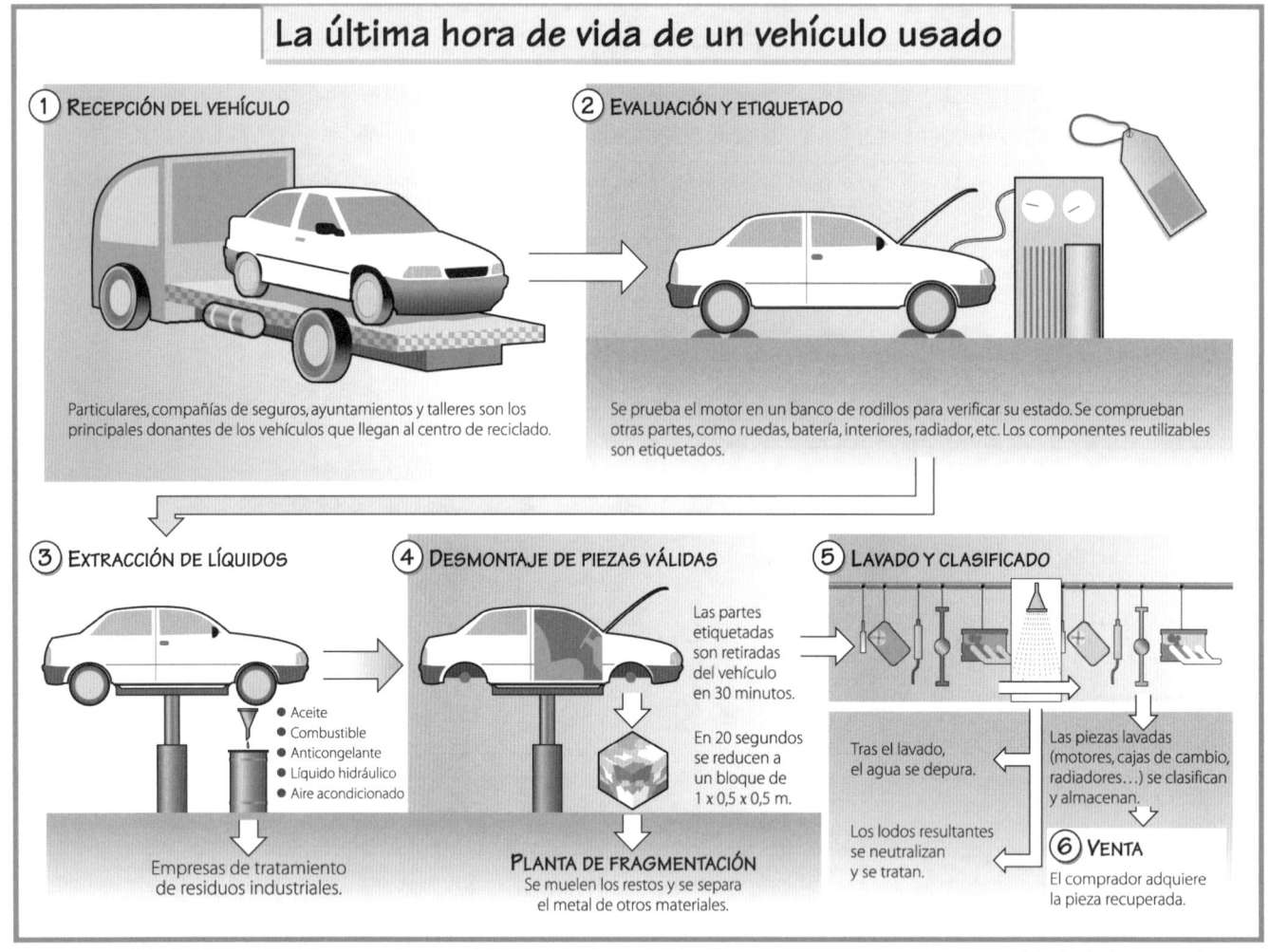

La última hora de vida de un vehículo usado

1) RECEPCIÓN DEL VEHÍCULO

Particulares, compañías de seguros, ayuntamientos y talleres son los principales donantes de los vehículos que llegan al centro de reciclado.

2) EVALUACIÓN Y ETIQUETADO

Se prueba el motor en un banco de rodillos para verificar su estado. Se comprueban otras partes, como ruedas, batería, interiores, radiador, etc. Los componentes reutilizables son etiquetados.

3) EXTRACCIÓN DE LÍQUIDOS

- Aceite
- Combustible
- Anticongelante
- Líquido hidráulico
- Aire acondicionado

Empresas de tratamiento de residuos industriales.

4) DESMONTAJE DE PIEZAS VÁLIDAS

Las partes etiquetadas son retiradas del vehículo en 30 minutos.

En 20 segundos se reducen a un bloque de 1 x 0,5 x 0,5 m.

PLANTA DE FRAGMENTACIÓN
Se muelen los restos y se separa el metal de otros materiales.

5) LAVADO Y CLASIFICADO

Tras el lavado, el agua se depura.

Los lodos resultantes se neutralizan y se tratan.

Las piezas lavadas (motores, cajas de cambio, radiadores…) se clasifican y almacenan.

6) VENTA
El comprador adquiere la pieza recuperada.

El País, 8 de enero de 2002

8 ¿Entiendes mejor el proceso con este cuadro sinóptico que con un texto escrito? ¿Por qué?

9 En el cuadro, algunas flechas siguen la dirección horizontal y otras la vertical. Explica por qué.

10 Rodea los iconos que aparecen en este cuadro sinóptico.

11 Redacta el cuadro superior, describiendo el proceso y explica qué información aporta el texto.

COMPÓN TU PROPIO TEXTO

Transbordadores espaciales

Son las primeras naves espaciales de ida y vuelta de la historia; se caracterizan por despegar como un cohete y aterrizar como un avión. Basta con reducir la velocidad de la nave para que caiga a la Tierra, atraída por la gravedad.

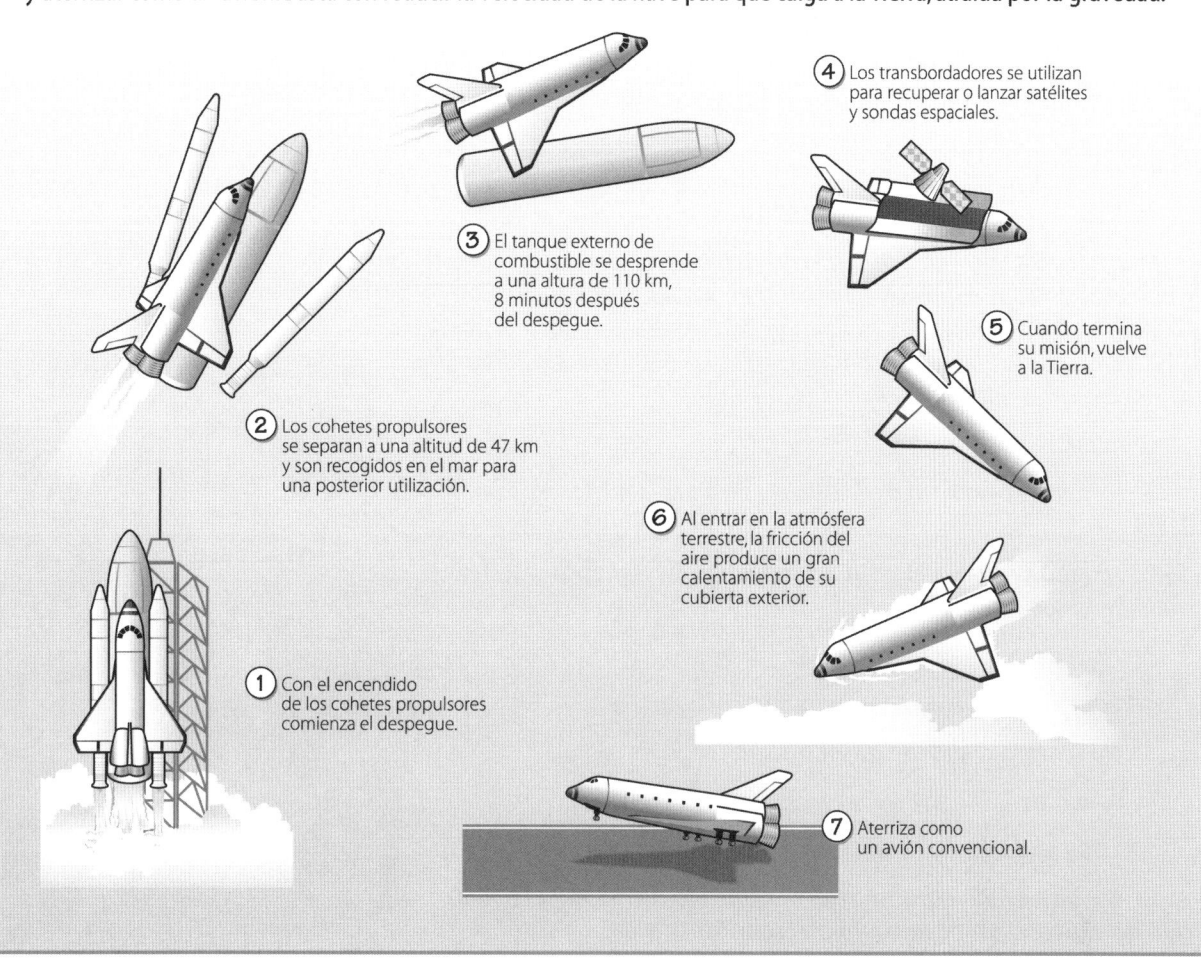

1. Con el encendido de los cohetes propulsores comienza el despegue.

2. Los cohetes propulsores se separan a una altitud de 47 km y son recogidos en el mar para una posterior utilización.

3. El tanque externo de combustible se desprende a una altura de 110 km, 8 minutos después del despegue.

4. Los transbordadores se utilizan para recuperar o lanzar satélites y sondas espaciales.

5. Cuando termina su misión, vuelve a la Tierra.

6. Al entrar en la atmósfera terrestre, la fricción del aire produce un gran calentamiento de su cubierta exterior.

7. Aterriza como un avión convencional.

Un universo de imágenes, Aula de *El Mundo*

12 Redacta la descripción del proceso del transbordador espacial que se explica en el cuadro sinóptico anterior; recuerda que debes seguir un orden y utilizar expresiones apropiadas para conectarlas.

Escribe aquí la descripción

6 El diario personal

El diario

- El **diario personal** es un **relato autobiográfico** en el que se recogen los acontecimientos cotidianos de un determinado período de la vida.
- Tiene como **destinatario** al propio **autor.**

En la isla

Empecé así a meditar seriamente sobre la condición en que me hallaba y las circunstancias a que me veía reducido, y redacté por escrito mis pensamientos… […] Todo esto fue escrito imparcialmente, a manera de un debe y haber, señalando los consuelos que me habían sido dados a cambio de las desgracias que sufría, en la siguiente forma:

Lo malo…

1.º He sido arrojado a una isla desierta sin tener la menor esperanza de rescate.

2.º He sido excluido del resto del mundo y vivo solitario y desterrado de la sociedad.

3.º No tengo ropas para cubrirme.

4.º Carezco de defensa contra animales y hombres.

5.º No tengo a nadie con quien hablar.

Lo bueno…

1.º Estoy vivo. No me he ahogado como mis compañeros.

2.º Me he salvado de la muerte, al contrario que toda la tripulación del barco. Dios me salvó milagrosamente la vida.

3.º Estoy en un clima cálido donde las ropas me servirían de poco.

4.º En la isla no he visto animales feroces que me amenacen.

5.º Milagrosamente el barco está cerca de la costa para que pueda sacar de él multitud de cosas necesarias para continuar con vida.

Daniel Defoe
Robinson Crusoe, Ediciones B / Grupo Zeta

1 El texto anterior son algunas de las primeras palabras del diario personal de Robinson Crusoe, personaje de novela que naufragó en una isla desierta. Haz como él y escribe en dos listados con lo bueno y lo malo de alguna experiencia personal.

Lo bueno…

Lo malo…

Las características del diario

- Las **características formales** del **diario personal** son:
  - El **relato** se presenta en **primera persona.**
  - Se usan normalmente el **presente** y el **pretérito perfecto**, porque apenas ha transcurrido tiempo entre el momento de la narración y el suceso narrado.
  - Se suele emplear un **lenguaje coloquial**, con **elisiones** y **frases breves**.
  - Es frecuente la **abundancia de datos cronológicos,** así como **geográficos**.

Querida Kitty…

Sábado, 20 de junio de 1942

Para alguien como yo es una sensación muy extraña escribir un diario. No solo porque nunca he escrito, sino porque me da la impresión de que más tarde ni a mí ni a ninguna otra persona le interesarán las confidencias de una colegiala de trece años. Pero eso en realidad da igual, tengo ganas de escribir y mucho más aún de desahogarme y sacarme de una vez unas cuantas espinas. «El papel es más paciente que los hombres.» […] Sí, es cierto, el papel es paciente, pero como no tengo intención de enseñarle nunca a nadie este cuaderno de tapas duras llamado pomposamente «diario», a no ser que alguna vez en mi vida tenga un amigo o una amiga que se convierta en el amigo o la amiga «del alma», lo más probable es que a nadie le interese.

He llegado al punto donde nace toda esta idea de escribir un diario: no tengo ninguna amiga.

Para ser más clara tendré que añadir una explicación, porque nadie entenderá cómo una chica de trece años puede estar sola en el mundo. Es que tampoco es tan así: tengo unos padres muy buenos y una hermana de dieciséis, y tengo como treinta amigas en total, entre buenas y menos buenas. […] Con las chicas que conozco lo único que puedo hacer es pasarlo bien. Nunca hablamos de otras cosas que no sean las cotidianas, nunca llegamos a hablar de cosas íntimas. Y ahí está justamente el quid de la cuestión. Tal vez la falta de confidencialidad sea culpa mía, el asunto es que las cosas son como son y lamentablemente no se pueden cambiar. De ahí este diario.

Para realzar todavía más en mi fantasía la idea de la amiga tan anhelada, no quisiera apuntar en este diario los hechos sin más, como hace todo el mundo, sino que haré que el propio diario sea esa amiga, y esa amiga se llamará Kitty.

Ana Frank
El diario de Ana Frank, Plaza & Janés

2 Lee este fragmento de *El diario de Ana Frank* y contesta las cuestiones:

- ¿En qué persona está escrito *El diario de Ana Frank*?
- ¿Cuántos años tiene?
- ¿Qué día decidió comenzar a escribirlo?
- ¿Por qué resuelve escribir un diario?
- Subraya los verbos e indica qué tiempos verbales predominan.
- ¿Crees que ha transcurrido mucho tiempo entre el momento de la narración y el suceso narrado? ¿Por qué? Argumenta tu respuesta.

La narración subjetiva

- Un **diario personal** es sumamente **subjetivo** ya que junto a los **hechos** suelen aparecer las **emociones** que provocan.
- Es habitual la combinación de **narración** con la **descripción de estados de ánimo, pensamientos** y **sentimientos** más íntimos del emisor.

3 Tacha la opción incorrecta, y justifica tu respuesta subrayando las frases del texto que lo demuestran.

Ana Frank emplea un **lenguaje formal / coloquial** y **objetivo / subjetivo**.

4 Investiga en Internet o en una enciclopedia la vida de Ana Frank y explica el interés humano que tiene su diario personal.

5 Escribe la presentación de tu diario personal.

- Hazlo al modo de Ana Frank y ponle un nombre.
- Empieza por contar tu historia: cuántos años tienes, dónde naciste, dónde vives.
- Resume brevemente tu vida en la actualidad.
- Incluye datos cronológicos y geográficos.

Querido/a _____:

> Hay tantas formas de diario personal como escritores de diarios; se trata de un género muy **flexible** que se adapta a la **personalidad de cada uno**.

COMPÓN TU PROPIO TEXTO

6 Lee con atención el siguiente fragmento de una obra del célebre naturalista inglés Charles Robert Darwin y contesta las cuestiones.

Mientras yo buscaba animales marinos alargando la cabeza por encima de las rocas de la costa unos cuantos decímetros, me vi saludado más de una vez por un chorro de agua, acompañado de un ligero chirrido. Al principio no pude saber lo que era, pero posteriormente averigüé que se trataba del pulpo de marras, que a pesar de permanecer oculto en su agujero, delataba su presencia con las demostraciones antes expuestas. No cabe duda de que posee el poder de lanzar agua, y aún me pareció que podía hacer buena puntería dirigiendo el tubo o sifón que lleva en la parte inferior de su cuerpo. A causa de la dificultad que estos animales tienen para transportar sus cabezas no pueden arrastrarse fácilmente cuando se los pone en tierra. Observé además que uno de estos pulpos fosforecía ligeramente en la oscuridad mientras le tuve en mi camarote.

Charles DARWIN
Diario del viaje de un naturalista alrededor del mundo, Elefante Blanco

■ Investiga en una enciclopedia o en Internet quién fue Charles Darwin y averigua en qué momento de su vida y por qué escribió este fragmento.

7 Continúa el diario de Darwin basándote en una de las tres ilustraciones.

7 El diálogo

El diálogo

- El **diálogo** es un tipo de texto en el que **dos** o **más interlocutores** se **alternan** en el **uso de la palabra**.
- La **conversación**, el **debate**, la **tertulia**, el **coloquio**, la **encuesta** y la **entrevista** son **situaciones de comunicación oral** en las que se emplea el **diálogo**.
- El **diálogo teatral** es el tipo textual propio de las obras del **género dramático**. El **monólogo**, el **aparte** y las **acotaciones** forman también parte de estos textos.

Don Gonzalo.—*Abrázame, Marcelino.* (Se abrazan efusivamente.) *¡Ah, mi querido amigo, un fausto suceso llena mi casa de alegres presagios de ventura!* […] *Tú, Marcelino, conoces mejor que nadie este amor, qué digo amor, esta adoración inmensa que siento por esta noble criatura llena de bondad, de perfecciones que Dios me dio por hermana.*

Don Marcelino.—*Sé cuánto quieres a Florita.*

Don Gonzalo.—*Mi único dolor, mi único tormento era ver que pasaban los años y que Florita no encontraba un hombre…, un hombre que, estimando los tesoros de su belleza y de su bondad en lo que valen, quisiera recoger de su corazón todo el caudal de amor y de ternura que brota de él. ¡Pero, al fin, Marcelino, cuando yo ya había perdido las esperanzas…, ese hombre…! ¡Ese hombre ha llegado!* (Galán se asoma por la izquierda con cara de terror.)

Don Marcelino.—(Aparte.) *¡Dios mío!* […] *Yo creo que debías informarte, que antes de aceptarle debías…*

Don Gonzalo.—*¡Has de leer la carta que le ha escrito a Florita!… Una carta efusiva, llena de sinceridad, de pasión, modelo de cortesanía, diciéndole que me entere de sus propósitos y que le fijemos el día de la boda…*

Don Marcelino.—(Aparte.) *¡Canallas!* (Alto.) *No; si yo lo decía porque como es una cosa tan inopinada, quién no te dice que a veces…, como este pueblo es así, figúrate que alguien… una broma…*

Don Gonzalo.—(Le coge de la mano con expresión trágica.) *¡Cómo broma!* […]

Don Marcelino.—(Aparte.) *¡Dios mío, y quién le dice a este hombre que estos desalmados…!*

Carlos Arniches
La señorita de Trevélez, Salvat

1 ¿Qué le cuenta don Gonzalo a don Marcelino? ¿Cómo reacciona este?

2 ¿Qué información acerca del personaje de don Gonzalo podemos deducir a partir del diálogo?

3 Explica el sentido de los apartes en el texto.

4 ¿Qué tipo de información aportan las acotaciones?

Características de los diálogos

- En un **texto dialogado** se puede **imitar la espontaneidad de lo oral** mediante el empleo de **frases breves, repeticiones, incisos** o **frases inacabadas**.
- Es importante procurar que **cada intervención** aporte **algo nuevo** al lector.
- Las **intervenciones** deben ser **coherentes** con la forma de ser de los **personajes** y **no demasiado extensas**.

5 Observa las características de este diálogo y responde a las cuestiones que se plantean a continuación:

Por fin aparece Zazie. Se sienta con una mirada vidriosa, comprobando a su pesar que tiene hambre. […]

—*Bueno, pequeña —dijo—. Ha llegado el momento de irse a la cama.*

—*Irse, ¿quién? —preguntó la niña.*

—*¡Cómo que quién! Pues tú, naturalmente —contestó Gabriel, cayendo en la trampa—. ¿A qué hora sueles acostarte tú en tu casa?*

—*Aquí no estamos en mi casa.*

—*No —dijo Gabriel, comprensivo.*

—*Supongo que me han traído aquí por eso, para que no sea como allí. ¿O no? […]*

Gabriel se volvió hacia Marceline, que sonreía.

—*¿Ves lo bien que razona una mocosa como esta? En realidad no vale la pena enviarlas al colegio.*

—*Si lo dices por mí —declaró Zazie—, te comunico que pienso ir al colegio hasta los sesenta y cinco años.*

—*¿Hasta los sesenta y cinco años? —repitió Gabriel, ligeramente desconcertado.*

—*Como lo oyes —dijo Zazie—. Voy a ser maestra.*

Raymond Queneau
Zazie en el Metro, Alfaguara

- ¿Quiénes son los interlocutores en este diálogo? ¿Qué relación crees que existe entre ellos?

- ¿Cómo crees que es Zazie, según sus intervenciones?

- En este diálogo escrito se ha intentado reflejar la espontaneidad oral; señala ejemplos de los siguientes rasgos:

Frases breves	
Repeticiones	
Incisos	

6 Teniendo en cuenta la información sobre Zazie que has deducido del texto, completa sus siguientes intervenciones, tratando de reproducir una conversación oral.

—*No es mal oficio —dijo suavemente Marceline—. Y además tiene jubilación.*

—

—*A ver… ¿por qué quieres entonces hacerte maestra?*

—

—*¡Esta criatura tiene unas salidas!*

Las exposiciones orales

- Las **exposiciones orales** se basan en un **texto preparado** previamente **por escrito**, resultado de un **proceso** anterior de **documentación**, y que se utiliza como **guión** durante la exposición.

7 Escoge uno de los siguientes temas para realizar el guión de una exposición oral.

- Los orígenes del teatro.
- Los elementos no verbales en la representación teatral (gestos, música, escenografía…).
- Los distintos lugares de la representación teatral a lo largo de la historia.

- La ficha de contenido y las fotografías que aparecen a continuación amplían la información sobre el tema que has elegido. Consúltalas y elabora el guión con los aspectos que vas a desarrollar en tu exposición.

Ficha de contenido

Datos bibliográficos. César Oliva y Francisco Torres Monreal, *Historia básica del arte escénico*. Madrid: Cátedra, 1997.

Resumen. El libro expone de manera conjunta los componentes que intervienen en una representación (textos, técnicas, espacios…), de modo que el teatro se explique no solo desde el texto sino desde otros elementos no verbales. Se analiza un recorrido histórico desde Grecia y Roma hasta el siglo XX.

Valoración personal. Es un libro muy útil para cualquier tema relacionado con el teatro.

Citas textuales. «Es fácil suponer que en aquel lejano período nuestros antepasados echaran mano de todo su ser: de los pies, de las manos, de la expresión, de sus rostros, de la voz que, antes de la adquisición del lenguaje, transmitiría sus mensajes por medio de las modulaciones de timbre y volumen. Evidentemente, todo esto no era todavía teatro, ni siquiera teatralidad. Era simplemente diálogo, comunicación. Sin embargo, todos estos elementos y códigos formarán parte del lenguaje múltiple del teatro.»

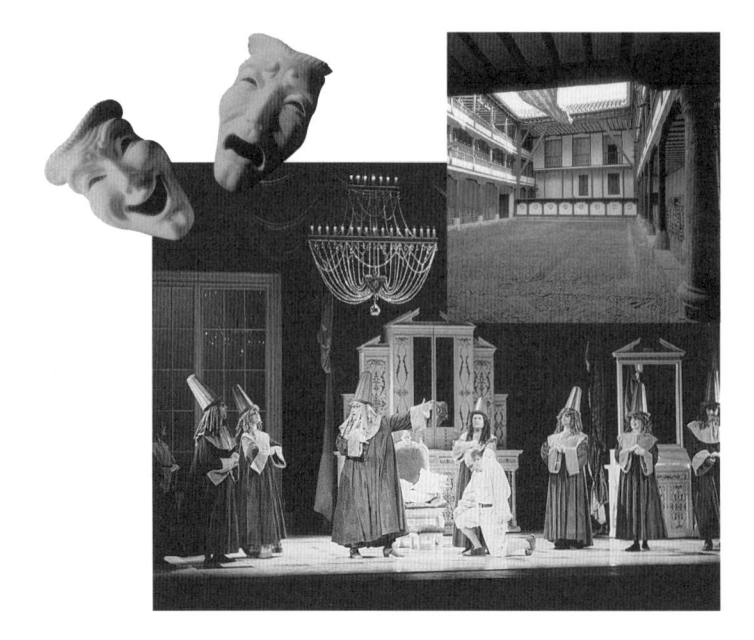

CREACIÓN DE DIÁLOGOS

8 Escribe un breve diálogo entre un joven y una persona mayor, muy culta y un poco pedante, que se encuentran en la cola de un cine. Recuerda que debes caracterizar a los personajes a través de sus intervenciones.

Escribe aquí el diálogo

9 Completa este diálogo respetando la orientación que sugieren los signos y palabras que figuran entre paréntesis.

—(¿?)

—Desde luego —contestó—. Tuerza usted a la izquierda e inmediatamente después a la derecha. Cuando llegue a la plaza, tome la tercera a la derecha, luego la segunda a la izquierda, vuelva a torcer ligeramente a la derecha…

—(¡Enfado!)

—No se desanime. Yo le acompaño.

—(¡Incredulidad!)

—No crea. Estoy libre como el aire.

—(Negación, agradecimiento.)

10 El siguiente diálogo está desordenado; pon en orden las intervenciones y deduce quiénes son los personajes que están hablando y cuál es el conflicto que hay entre ellos.

a) —¿Yo? Claro. ¿Por qué?

b) —Entonces te han ido mal los exámenes.

c) —¿Que quieres ayudarme? —repitió sorprendida.

d) —¿Te encuentras bien, hijo?

e) —No, mamá. Solo pretendo ayudarte.

f) —Sí, mamá, no sé por qué te asombras.

g) —Mira que no tengo intención de darte propina.

Orden de las intervenciones ➜

Personajes ➜

Conflicto ➜

Continúa aquí el diálogo

8 Los foros de debate

Los foros digitales

■ Un **foro de debate** es un **servicio de Internet** que permite el **intercambio de información y opinión** entre personas interesadas en un **tema concreto**.

Opina.net

TEMAS ▸▸ ¿Existen las dietas milagrosas para adelgazar?

Si esta es tu primera visita, tendrás que **registrarte** para crear o entrar en Temas. Para empezar a ver mensajes, selecciona el foro que quieres visitar del listado superior. Si quieres participar, pulsa en Añadir mensaje.

☺ **Autor: Luna**
Me sobran algunos kilos y estoy animada a perderlos. ¿Conocéis alguna dieta que pueda ayudarme? He empezado por cambiar algunos hábitos. No pico nada entre horas, bebo mucho líquido y hago algo de ejercicio, pero estoy perdiendo peso muy lentamente. Agradeceré todos vuestros consejos.

☺ **Autor: Superyo**
Hace un año conseguí adelgazar aproximadamente cinco kilos en un mes. No utilicé ninguna dieta milagrosa, simplemente comí menos... La verdad es que no me costó mucho, cuando veía algo que engordaba simplemente pensaba: «Algún sacrificio tiene que tener conseguir lo que uno quiere». En fin, adelgazar me ha servido para tener más confianza en mí misma.

☺ **Autor: Gatoazul**
Hola, Luna. Yo no estoy de acuerdo con las dietas diseñadas por uno mismo, porque si quieres que sea adecuada para ti, tiene que ser controlada por un médico. La que hice yo se la recetaron a un amigo y creía que conmigo también iba a funcionar, pero solo conseguí ponerme tristón y deprimido. Hay que tener cuidado, y más con peligros como caer en la anorexia. Un afectuoso saludo.

☺ **Autor: Howart**
¡¡¡Hola a todos!!! Hacia mucho tiempo que no entraba en un foro a hablar, pero me habéis dado un buen rollo alucinante... Je, je, je. He leído vuestras opiniones con mucho interés y solo quiero deciros que antes de hacer una dieta, consultéis a vuestro médico. Mi padre es endocrino y si tenéis alguna duda se la puedo preguntar y os la respondo. Ánimo y hasta otra.

☺ **Autor: Chesterton**
Lo siento, chicos, pero no os entiendo. Lo de estar gordito no es para tanto. Creo que los que quieren adelgazar pretenden ser como esas *top models* de menos de cincuenta kilos que salen en las revistas. Vamos, que antes de ponerte a dieta, pienses en por qué lo haces, si por ti o porque te han dicho que no se puede ser guapo pesando cinco kilos más que Naomi Campbell.

Añadir mensaje

http://foros.elpais.com/
© Diario EL PAIS S.L. – © Prisacom S. A.

1 ¿Sobre qué tema se está opinando en este foro?

2 Localiza en el texto de la página anterior las partes que componen un foro digital.

Título	Desde _____ hasta _____
Instrucciones	Desde _____ hasta _____
Intervenciones	Desde _____ hasta _____

3 Completa la siguiente tabla sobre sus participantes. Resumen cada intervención en la columna que corresponda.

Participante	Pide consejo	Opina	Informa

4 En el foro de la página 32 se defienden tres posturas. Indica qué participantes apoyan cada una de ellas.

1. Para adelgazar simplemente hay que controlar lo que se come y evitar alimentos muy calóricos.

2. Para adelgazar es conveniente acudir al médico y seguir la dieta que este indique.

3. Los que desean adelgazar lo hacen porque quieren ser como las *top models*. No pasa nada por tener unos kilos de más.

5 Añade un mensaje en Opina.net. ¿Qué piensas de las dietas de adelgazamiento?

☺

Añadir mensaje

El debate

- Muchos foros de Internet son **debates** dirigidos por un **coordinador** o **moderador**.
- El **debate** es un **texto argumentativo,** en el que **dos o más interlocutores,** dirigidos por un **moderador, contrastan** sus **opiniones** sobre un determinado tema.

6 Crea un foro de debate a partir del siguiente planteamiento.

El cuadro de un pintor abstracto ha alcanzado en una subasta un precio récord: ciento veinte millones de euros.

En Opina.net se ha abierto un nuevo tema de debate: ¿es ese cuadro una obra de arte? ¿Está justificado el precio pagado? ¿Cuál debe ser el precio del arte?

- Ponte en la piel de estas cinco personas, dales un pseudónimo o *nick* y opina por cada uno de ellos. No olvides que debes ser respetuoso con las opiniones de los demás.

  - Una persona que admira el cuadro, pero que considera injusto el precio.
  - Un defensor del cuadro.
  - Un detractor del cuadro.
  - Alguien que no siente ningún interés por el arte.
  - El moderador.

El *nick* es el seudónimo que te asignas en la Red.

- Finalmente, opina por ti mismo. ¿Qué debe tener una obra para considerarse arte?

COMPÓN TU PROPIO TEXTO

7 Prepara un foro de debate sobre el racismo y la xenofobia. Para ello, sigue los pasos que te indicamos a continuación.

- Averigua la diferencia entre el *racismo* y la *xenofobia*.

    racismo >   xenofobia >

- Haz la siguiente pregunta a diez personas (compañeros de clase, familiares, amigos…): «¿Crees que la sociedad en la que vives es racista o xenófoba?».

- Asigna un *nick* a cada uno y vierte sus opiniones en un foro de debate.

☺ Autor	Opinión

8 Elabora una estadística y un breve informe con los datos que has obtenido.

- ¿Cuántos han opinado que la sociedad es xenófoba? →

- ¿Cuántos consideran que la sociedad es racista? →

- ¿Qué razones y argumentos dan a favor de sus respectivas posturas? →

9 La exposición

La exposición

- Una **exposición** es un texto que ofrece como contenido la **explicación de un tema**.
- Las exposiciones pueden dirigirse a **expertos** o tener **carácter divulgativo**.

El buceo o submarinismo

El buceo o submarinismo es la actividad de nadar por debajo de agua con o sin ayuda de equipos especiales. El buceo presenta dos formas de practicarlo: la apnea (del griego apnoia, «sin respiración»), técnica también conocida como buceo libre o a pulmón; y el buceo con equipo, que puede ser con escafandra autónoma —también denominado SCUBA (acrónimo inglés de self contained underwater breathing aparatus) o buceo con botella— o dependiente de superficie (SSD, del inglés surface suply dive).

El buceo libre consiste en las técnicas y habilidades para realizar inmersiones manteniendo la respiración después de una profunda inspiración en superficie. Puede practicarse sin ningún equipo especial, pero la configuración deportiva actual consta de una máscara apropiada, aletas, tubo de respiración o snorkel, lastre y si es necesario un traje de material termoaislante. Es la forma de buceo más sencilla y más antigua, y su aparición se vincula a la necesidad de explotar el mar como fuente de alimento (peces, crustáceos y moluscos), recursos útiles (algas, esponjas, corales) y recursos de valor cultural o económico (perlas).

El buceo SCUBA consiste en el almacenamiento de aire a presión en una botella que es transportada por el buzo, que permite a este respirar el aire almacenado durante un tiempo de autonomía considerable. Además del equipo básico, requiere de una botella de aire, un arnés, un mecanismo de flotabilidad, un sistema de válvulas, un sistema de lastre, tubos y boquillas que conforman lo que se denomina regulador en su forma más básica. Los estándares de seguridad requieren el uso del profundímetro y del manómetro (una serie de «relojes» que permiten saber a qué profundidad nos encontramos y de cuánto aire disponemos).

wikipedia.org (Adaptación)

1 ¿Cuántas formas existen de practicar el buceo? Nómbralas.

2 El texto está estructurado en tres párrafos. Explica el contenido de cada uno de ellos.

Párrafo 1.º
Párrafo 2.º
Párrafo 3.º

La explicación, el ejemplo y la definición

- En los textos expositivos encontramos **explicaciones** que desarrollan el asunto propuesto **para hacerlo comprensible.** Una forma de completar dichas explicaciones es mediante la inclusión de **ejemplos.**
- Un tipo de exposición es la **definición,** texto en el que se ofrecen, con carácter general, los **rasgos propios** de los **seres** y **objetos** de una clase determinada.

3 Subraya todos los términos que aparecen en otros idiomas en el texto de la página anterior. ¿Crees que es necesario saber inglés para comprender el texto?

4 ¿Consideras que se trata de un texto dirigido a expertos o a un público general? Justifica tu respuesta.

5 Enumera cuatro explicaciones que aparezcan en el fragmento sobre el submarinismo y que hagan comprensibles términos difíciles o aspectos concretos de la explicación.

> Ejemplo La *apnea* (del griego *apnoia*, «sin respiración»).

1. _____
2. _____
3. _____
4. _____

6 Subraya los ejemplos que encuentres en el texto de la página 36.

7 ¿Crees que se trata de un texto expositivo? Razona tu respuesta.

8 Localiza en el fragmento *El buceo o submarinismo* ejemplos de las siguientes características de las exposiciones.

Verbos en pres. de ind. y 3.ª persona	
Datos y cifras	
Adjetivos de carácter objetivo	

9 Expón brevemente qué modalidad de submarinismo te gustaría practicar y por qué.

10 ¿Qué diferencias encuentras entre el texto que has redactado en la actividad 9 y la exposición de la página 36.

Partes de la exposición

- Los **textos expositivos** se organizan en tres partes:
  - **Introducción:** presenta el tema.
  - **Cuerpo expositivo:** desarrolla las ideas. Puede incluir **ejemplificaciones, analogías y citas de autoridad.**
  - **Conclusión:** resumen final de las ideas principales.

11 Lee el siguiente fragmento y contesta las cuestiones que hay a continuación.

El deshielo se acelera

Según la información recibida por satélite, el deshielo en Groenlandia ha aumentado un 250 %. De acuerdo con el análisis publicado en la revista Nature, *la placa de hielo de Groenlandia (Dinamarca), se está disolviendo en el mar mucho más rápido de como sucedía anteriormente.*

Un 250 % de deshielo más en los últimos dos años. *Los datos obtenidos no parecen cuestionables. De hecho, el descubrimiento confirma el análisis realizado por la revista* Science. *«Un porcentaje de 250 % es mucho», comentó Isabella Velicogna, coautora del estudio y científica del Jet Propulsion Laboratory de la NASA. «Hablamos de una pérdida de masa dos veces y media superior». […]*

Según los informes científicos, el hielo de la isla se disuelve a una velocidad de 248 kilómetros cúbicos por año, suficiente como para subir los niveles oceánicos 0,5 milímetros/año. Si todo el hielo de Groenlandia se derritiera y desplazara hacia el Atlántico Norte, el nivel de los océanos aumentaría siete metros, ocasionando un devastador efecto muy superior al de los tsunamis.

Calentamiento global y deshielo. *Actualmente, los satélites pueden medir los cambios en la masa de Groenlandia para determinar a qué velocidad está ocurriendo el deshielo, aunque no pueden explicar sus causas. La aceleración coincide con el calentamiento global del planeta y con las observaciones independientes de la pérdida de hielo en la isla. […] Incluso si la temperatura descendiera repentinamente en Groenlandia, la descarga continuaría por varios años.*

Velicogna agregó que si la pérdida de masa está asociada con el calentamiento global, y las temperaturas siguen en aumento, el deshielo acelerado podría suceder también en el norte de Groenlandia. «No estamos seguros, pero podría pasar, por ello tendremos que estar alerta».

John Roach
National Geographic (Adaptación)

■ Indica las partes de texto que acabas de leer: introducción, cuerpo expositivo y conclusión.

Introducción	Cuerpo expositivo	Conclusión
Desde _____ hasta _____	Desde _____ hasta _____	Desde _____ hasta _____

■ Localiza en el texto los elementos indicados en la tabla.

Ejemplo	
Analogía	
Cita de autoridad	

■ ¿A quién va dirigido el texto? ¿Se trata de una exposición divulgativa o está destinada a un público experto? Argumenta tu respuesta.

COMPÓN TU PROPIO TEXTO

12 Te proponemos que realices un breve texto expositivo de carácter divulgativo a partir de uno de estos temas.

✎ El cine negro.   ✎ El cómic.

1. Investiga en una enciclopedia o en Internet y recoge los datos más importantes.

2. Elige un título apropiado que resuma la idea principal del tema.

3. Estructura la información. Debes ser ordenado y claro en tu exposición: realiza una introducción general del tema y desarrolla la información utilizando ejemplos, analogías y citas. Si lo deseas, también puedes emplear epígrafes.

4. Redacta una conclusión final.

13 Completa la tabla sobre la estructura del texto que acabas de escribir.

Introducción	Desde _____ hasta _____
Cuerpo expositivo	Desde _____ hasta _____
Conclusión	Desde _____ hasta _____

14 Localiza en el texto que has redactado los elementos indicados en la tabla.

Verbos en pres. de ind. y 3.ª persona	
Datos y cifras	
Adjetivos de carácter objetivo	

15 ¿Has empleado ejemplos, analogías y citas? Justifica su empleo.

10 Circulares y reglamentos

Las circulares

- Una **circular** es un escrito mediante el que se dan a conocer **normas** o **información** a diversos destinatarios afectados o interesados por el asunto que se trata.
- Las circulares pueden ser **públicas** o **privadas,** pero no varían su forma en función de cada uno de los destinatarios.

Colegio Oriente

Madrid, 20 de febrero de 2007

Estimados padres:

Me pongo en contacto con ustedes para informarles del viaje a Italia de los alumnos de 3.º ESO. Aunque concretaremos los detalles en una próxima reunión informativa, les adelantamos algunos aspectos.

Fechas de salida y llegada. Del lunes 20 de abril al miércoles 20 de abril de 2007, ambos incluidos.

Itinerario: visitaremos las ciudades de Roma, Capri, Nápoles, Pompeya, Siena, Pisa, Florencia, Venecia, Verona y Milán.

Precio: 850 euros. Incluye régimen de pensión completa, alojamiento, entradas a los museos; visitas guiadas por Roma y Florencia; excursión a Capri y Pompeya con guías locales; billetes de avión de ida y vuelta y tasas de aeropuerto.

El importe del viaje se abonará en la Administración del centro.

En el momento del abono del importe del viaje deberá aportarse la siguiente documentación: fotocopia del D.N.I. o del pasaporte; autorización de los padres para viajar al extranjero y fotocopia de la tarjeta sanitaria europea. Los alumnos deben llevar su documentación original durante el viaje.

Se informará de la fecha de la próxima reunión. Un cordial saludo.

Fdo. Javier Arias, jefe de estudios

---

1 Lee el texto y contesta estas cuestiones.

- ¿De qué informa el escrito anterior?

- Por lo que has deducido de su lectura, ¿es un escrito público o privado?

- ¿Quiénes son sus destinatarios?

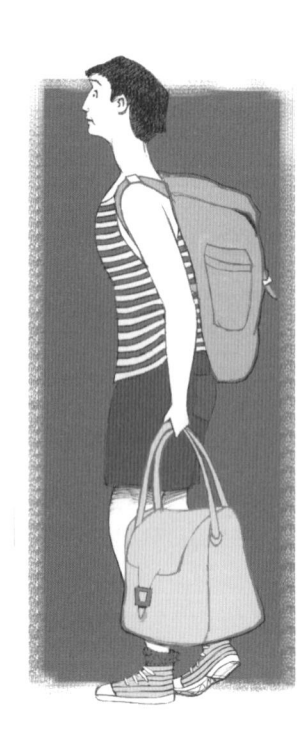

2 Identifica las siguientes partes en el texto anterior.

- Lugar y fecha
- Cuerpo
- Firma

3 Completa la información del recuadro.

Una **circular** es un tipo de carta _____

Los reglamentos

- El **reglamento** es un **conjunto ordenado de normas** que regulan una determinada materia o la organización y funcionamiento de una institución, un organismo o un grupo.
- Aparece **publicado** en los **boletines** correspondientes por la autoridad competente.

Reglamento oficial de _____

1.1. Juegan dos equipos de cinco jugadores cada uno. El objetivo de cada equipo es introducir el balón dentro de la canasta del adversario e impedir que el adversario se apodere del balón o enceste.

1.2. La canasta en la que ataca un equipo es la del adversario y la que defiende es su canasta.

1.3. Movimiento del balón. El balón puede ser pasado, lanzado, palmeado, rodado o botado en cualquier dirección dentro de las restricciones de los artículos pertinentes de las Reglas.

1.4. Ganador de un partido. El equipo que mayor número de puntos al final del tiempo de juego del cuarto período o, si fuera necesario, de uno o más períodos extra, será el ganador del partido.

4 Lee atentamente el texto anterior y completa su título. ¿A qué deporte pertenecen estas reglas?

5 ¿A quiénes están dirigidas las normas que establece este reglamento?

6 ¿Cómo se indican los apartados y subapartados del texto?

7 ¿Qué consecuencias tiene el hecho de que exista un solo reglamento unificado en todo el mundo para la práctica de un deporte concreto? ¿Crees que es positivo o negativo? Razona tu respuesta.

8 ¿Has averiguado ya de qué deporte se trata? Si es así, completa el reglamento anterior con cinco normas más.

1. _____
2. _____
3. _____
4. _____
5. _____

9 Indica seis actividades (profesiones, aficiones o deportes) que precisen de un reglamento.

Estructura de los reglamentos

- Los **reglamentos** se estructuran en **apartados** y **subapartados** marcados con números o letras. Cada uno de los preceptos o reglas de los que consta debe formularse de forma **clara** y **precisa,** para **evitar ambigüedad.**

10 Elabora un reglamento a partir de la lectura de este fragmento de J. K. Rowling.

Una partida de quidditch

—Bueno —dijo Wood—. El quidditch *es fácil de entender; aunque no tan fácil de jugar. Hay siete jugadores en cada equipo. Tres se llaman cazadores.*

—Tres cazadores —repitió Harry, mientras Wood sacaba una pelota roja brillante, del tamaño de un balón de fútbol.

—*Esta pelota se llama* quaffle —dijo Wood—. *Los cazadores se tiran la* quaffle *y tratan de pasarla por uno de los aros de gol. Obtienen diez puntos cada vez que la* quaffle *pasa por un aro. ¿Me sigues?*

—*Los cazadores tiran la* quaffle *y la pasan por los aros de gol* —recitó Harry—. *Entonces es una especie de baloncesto, pero con escobas y seis canastas.* [...]

—*Hay otro jugador en cada lado, que se llama guardián. Yo soy guardián de Gryffindor. Tengo que volar alrededor de nuestros aros y detener los lanzamientos del otro equipo.*

—Tres cazadores y un guardián —dijo Harry, decidido a recordarlo todo—. *Y juegan con la* quaffle. *Perfecto, ya lo tengo. ¿Y para qué son esas?* —Señaló las tres pelotas restantes.

—*Ahora te lo enseñaré* —dijo Wood—. *Toma esto.*

Dio a Harry un pequeño palo, parecido a un bate de béisbol.

—*Voy a enseñarte para qué son* —dijo Wood—. *Esas dos son las* bludgers.

Enseñó a Harry dos pelotas idénticas, pero negras y un poco más pequeñas que la roja quaffle. [...]

—*Esta dorada* —continuó Wood— *es la* snitch. *Es la pelota más importante de todas. Cuesta mucho atraparla por lo rápida y difícil de ver que es. El trabajo del buscador es atraparla.* [...] *Cada vez que un buscador la atrapa, su equipo gana ciento cincuenta puntos extra, así que prácticamente acaba siendo el ganador. Por eso molestan tanto a los buscadores. Un partido de* quidditch *solo termina cuando se atrapa la* snitch, *así que puede durar muchísimo. Creo que el récord fue tres meses. Tenían que traer sustitutos para que los jugadores pudieran dormir... Bueno, eso es todo. ¿Alguna pregunta?*

J. K. ROWLING
Harry Potter y la piedra filosofal, Salamandra

Nombre del juego

N.º y nombre de pelotas

N.º de jugadores y funciones

Tanteo

Duración del partido

Equipo ganador

Otros

COMPÓN TU PROPIO TEXTO

11 Eres el presidente de una empresa y tienes que informar a los empleados de algunos cambios en su funcionamiento. Los cambios pueden obedecer a los aspectos laborales que desees: atuendo de trabajo, vacaciones, ayudas para la formación, horarios… Redacta una circular en la que informes detalladamente de todo ello.

> Lugar y fecha

> Cuerpo

> Firma

12 Ahora imagina que en tu barrio os han cedido un local para actividades culturales. Escribe el reglamento que regulará su funcionamiento. No olvides incluir los siguientes aspectos:

- Justifica la necesidad de este reglamento.
- ¿Quién forma parte de la junta organizativa? ¿Cuáles son las cuotas para socios?
- ¿Qué personas pueden acceder al centro? ¿Qué horario de apertura y cierre tiene?
- ¿Qué actividades se pueden desarrollar en su interior? ¿Cuáles están prohibidas?
- ¿Existen normas concretas sobre vestimenta, uso de móviles, MP3…?
- ¿Quién firma este reglamento?

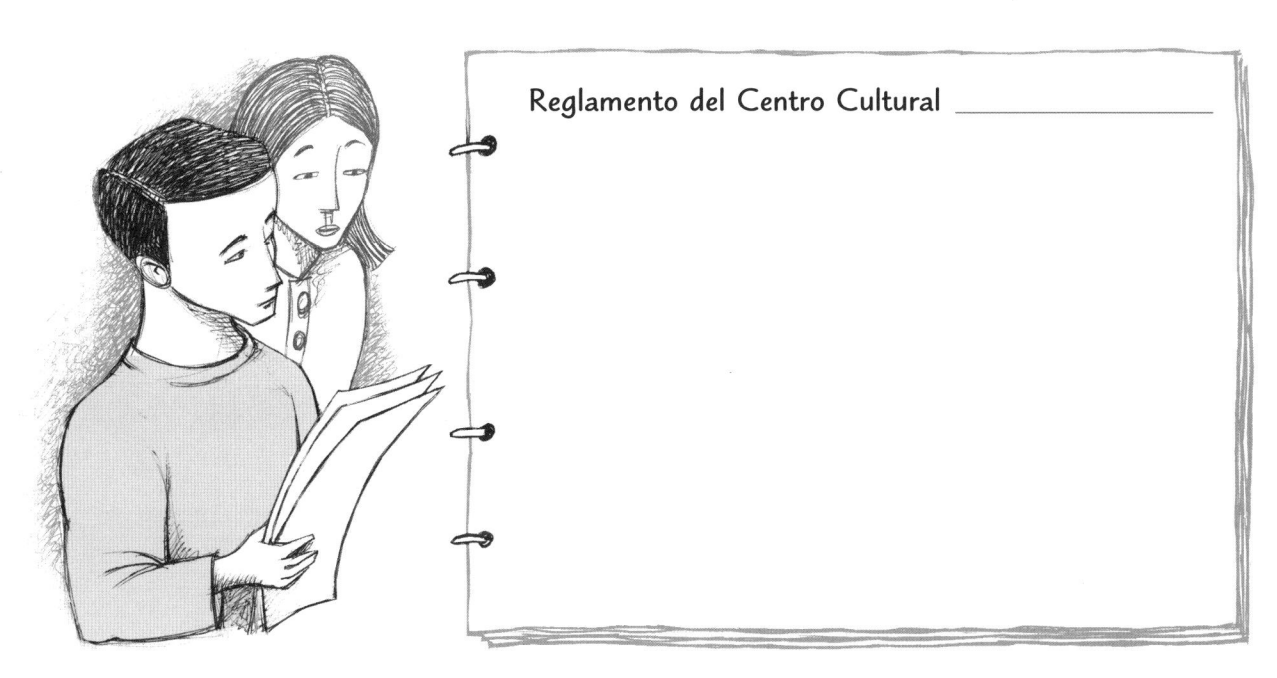

Reglamento del Centro Cultural

11 Actas, convocatorias y órdenes del día

Las actas

■ Un **acta** es un documento en que se deja **constancia de las decisiones** y **acuerdos** a que se llega en el desarrollo de una junta.

1 Lee esta acta y contesta las cuestiones que se incluyen a continuación.

Acta de aprobación de obras
Comunidad de vecinos de la calle Novelistas, 66

Asistentes: Francisco Nevado (bajo A); Mónica Lugones (1.º A); Petunia Lanza (2.º A); Gael Bermúdez (2.º C); Candela Arenas (3.º B)

Orden del día: 1.º Obras de mejora del acceso al portal.

  2.º Ruegos y preguntas.

El orden del día previsto se desarrolló de la siguiente manera:

Modificación de entrada en la finca. La entrada de nuestro edificio se encuentra al final de una escalinata de ocho peldaños, lo que dificulta la entrada a los vecinos minusválidos y a las personas mayores.

Los vecinos aprueban por unanimidad (con la excepción del propietario del 2.º C, Gael Bermúdez) el comienzo de las obras necesarias para la colocación de dos rampas que faciliten el acceso al ascensor, así como barandillas para agarrarse. Con este objetivo, se pedirán presupuestos para la realización de la obra a diferentes empresas.

Firmado en Madrid, a 15 de octubre de 2007.

La secretaria,   *La presidenta,*

Mónica Lugones (1.º A)   *Candela Arenas (3.º B)*

■ Identifica quiénes participan en esta reunión.

■ ¿Qué decisión se toma? ¿Ha sido por unanimidad?

■ ¿Qué tema se trata en la junta?

■ ¿Quiénes firman el acta?

2 Completa la siguiente tabla sobre la estructura del texto.

Encabezamiento	Desde _____ hasta _____
Cuerpo	Desde _____ hasta _____
Pie	Desde _____ hasta _____

3 ¿Por qué crees que el vecino del 2.º C no quiere realizar las obras? Inventa un motivo y redácta una breve explicación.

Las convocatorias

> ■ La **convocatoria** es un escrito con el que **se cita** a una o varias personas **para participar en un acto** (una reunión, un certamen, un concurso…).

4 Lee atentamente el siguiente texto y contesta las cuestiones sobre la convocatoria.

El Ayuntamiento de Madrid convoca el XVIII Certamen de Pintura Rápida
Parque del Buen Retiro

Bases

El estilo y la técnica de las obras serán libres y su temática girará en torno al Parque del Retiro, sus paisajes, edificios, paseos, monumentos, etc.

Participantes e inscripción.—*Pueden participar artistas españoles y extranjeros, residentes en España, mayores de dieciséis años. La inscripción podrá realizarse del 1 al 23 de septiembre en el Centro Cultural Casa de Vacas.*

Celebración.—*Domingo, 25 de septiembre entre las 9:00 y las 13:00 horas.*

Lectura del acta del jurado.—*La lectura del acta del jurado tendrá lugar frente a la Casa de Vacas a las 18:00 horas del mismo día. Una vez leída, podrán ser retiradas las obras no seleccionadas.*

Dotación y entrega de premios.—*Las obras seleccionadas optarán a los siguientes premios: un primer premio dotado con seis mil euros; cinco segundos premios de tres mil euros cada uno y tres terceros premios dotados con mil quinientos euros cada uno.*

La entrega de premios se realizará en el acto inaugural de la exposición de la obras en el Centro Cultural Casa de Vacas el día 2 de octubre.

AYUNTAMIENTO DE MADRID, JUNTA MUNICIPAL DEL DISTRITO RETIRO (Adaptación)

■ ¿Qué institución realiza la convocatoria?

■ ¿Dónde y cuándo se celebra?

■ ¿Cuáles son los requisitos para participar?

■ ¿Podrías presentarte tú al certamen? ¿Por qué?

5 Elige uno de los siguientes actos y redacta su convocaria siguiendo el modelo de la actividad 4.

✎ Una competición de ajedrez. ✎ Un concurso de mates de baloncesto. ✎ Una carrera de maratón.

El orden del día

- El **orden del día** es una **enumeración de los asuntos** que van a tratarse en una reunión concreta.

Valparaíso, 31 de enero de 2007

Salón de Plenos de la Plaza Mayor, n.º 5

El Alcalde de Valparaíso convoca al pleno para celebrar sesión ordinaria en la fecha, hora y lugar indicados, con el siguiente orden del día:

1.º Organización de las fiestas patronales de Nuestra Señora del Valle.

2.º Aprobación del presupuesto general para las fiestas.

3.º Adjudicación de los puestos y quioscos de la Plaza Mayor y calles aledañas a aquellos vecinos del pueblo que lo hubieran solicitado durante la celebración de las fiestas.

4.º Alquiler de equipos y contratación de la orquesta que animará las fiestas.

5.º Ruegos y preguntas.

Firmado,

Alcaldesa de Valparaíso

6 Completa la tabla con datos extraídos del texto.

Emisor del texto	
Destinatarios	
Lugar y fecha de celebración	
Tema tratado	
Orden del día	Desde _____ hasta _____

7 En tu barrio se va a celebrar la Fiesta de las Culturas, en la que vecinos de distintas nacionalidades van a mostrar su comida, sus costumbres, su música, sus bailes… Elabora el orden del día de la reunión.

Fecha y lugar	
Tema	
Orden del día	

8 Explica las diferencias entre un acta, una convocatoria y un orden del día.

COMPÓN TU PROPIO TEXTO

9 Elige uno de estos temas y realiza sobre él los tres tipos de texto (convocatoria, orden del día y acta) que has estudiado en esta unidad.

🖉 Campaña de reciclaje de vidrio, papel, pilas… en tu centro escolar.

🖉 Elaboración de un periódico escolar.

🖉 Creación de un grupo de teatro.

Convocatoria	Acta de reunión

10 Comprueba que los textos que has escrito responden a estas cuestiones.

- ¿Quién ha convocado la reunión?
- ¿A quiénes ha convocado?
- ¿Qué orden del día se va a tratar en la reunión?

- ¿A qué hora comenzó?
- ¿Quiénes asistieron?
- ¿Qué aspectos del orden del día dieron lugar a discusión?
- ¿Hubo algún ruego o pregunta?
- ¿Quién firma el acta?

12 Proyectos e informes

Los proyectos

■ Un **proyecto** es un documento en el que se planifica **cómo va a ser** o **debe realizarse una** determinada **tarea**.

Campaña para el Acceso a Medicamentos Esenciales (CAME)

Cada año mueren en el mundo más de catorce millones de personas a causa de enfermedades infecciosas y parasitarias. El 97 % de estas muertes (más de trece millones y medio de personas al año) se produce en los países en vías de desarrollo, por falta de acceso a medicamentos.

Médicos Sin Fronteras (MSF) ofrece tratamiento contra estas enfermedades en sus proyectos, pero es testigo a diario de muertes evitables en más de setenta y cinco países, donde los medicamentos son demasiado caros o simplemente no existen. La falta de acceso a medicamentos trasciende el ámbito médico o de la salud. Supone también un problema social, económico, político y ético.

La Campaña para el Acceso a Medicamentos Esenciales (CAME), entre otras actividades, denuncia las consecuencias de la falta de acceso a medicamentos en los países más pobres y trabaja con diversos organismos en la búsqueda activa de soluciones.

Objetivos principales

1.º Hacer asequibles para todos los pacientes y todos los países los nuevos medicamentos esenciales, vacunas y medios diagnósticos, estableciendo precios equitativos y asegurando la producción de aquellos cuya fabricación ha sido, puede ser abandonada, o es discontinua.

2.º Favorecer la aplicación de acuerdos comerciales a favor del acceso a medicamentos, presionando a los organismos internacionales (OMS, OMC, UE, etc.) e informando a los gobiernos sobre las graves consecuencias que algunas cláusulas de dichos acuerdos tienen sobre los precios de los medicamentos.

3.º Estimular la investigación y desarrollo (I+D) de nuevos medicamentos, vacunas y medios diagnósticos para enfermedades olvidadas.

MÉDICOS SIN FRONTERAS (MSF)

1 ¿Quién es el emisor de este escrito?

2 ¿A quién crees que va dirigido?

3 ¿Qué argumentos da Médicos Sin Fronteras para justificar la importancia de esta campaña? Rodea con una línea de color rojo las partes del texto donde se exponen.

4 ¿Qué objetivos persigue?

Estructura de un proyecto

- El proyecto suele constar de **justificación, objetivos, requisitos, condiciones, tiempo de realización, presupuesto, control** y **evaluación**.

5 Explica con tus propias palabras lo que entiendes por *campaña* en el texto anterior.

6 ¿De qué clase de texto se trata? Justifica tu respuesta.

7 Escribe tu opinión personal sobre las iniciativas humanitarias (campañas de ayuda, trabajo voluntario…) que se ponen en marcha para cubrir las necesidades de los países más pobres.

8 Elabora un proyecto cuyo objetivo sea uno de los siguientes.

- Crear en el centro escolar un grupo de teatro.
- Promover la lectura entre los alumnos de doce a dieciséis años.

Título

- Justificación
- Objetivos
- Requisitos
- Condiciones previas
- Tiempo de realización
- Presupuesto
- Control y evaluación

Los informes

- Un **informe** es un documento en el que, como resultado de una serie de averiguaciones o constataciones, **se da a conocer información sobre algo o alguien.**
- Los informes suelen tener un **índice,** una **introducción,** el **cuerpo** del trabajo (exposición de los datos, recopilación de las fuentes empleadas, descripción de los razonamientos utilizados), las **conclusiones, valoraciones** y/o **recomendaciones.**

La afluencia de turismo en el año 2006

En el mes de diciembre han llegado a España 3,2 millones de turistas internacionales, lo que ha supuesto un incremento del 1,8 % respecto al mismo mes del año anterior. En 2006, la llegada de turistas extranjeros ha superado los 58,5 millones, es decir, un 4,5 % más que en 2005.

En el acumulado de 2006, un 90,1 % de los turistas recibidos en España se concentraron en las seis principales Comunidades Autónomas, procedentes en un 60,7 % de los casos del Reino Unido, Alemania y Francia.

El número de turistas que han recibido las comunidades autónomas más visitadas durante diciembre de 2006 ha sido el siguiente:

- *Canarias: 854 000 turistas (26,4 % del total).*
- *Cataluña: 828 000 turistas (25,6 % del total).*
- *Andalucía: 459 000 turistas (14,2 % del total).*
- *Comunidad Valenciana: 300 000 turistas (9,2 % del total).*
- *Comunidad de Madrid: 267 000 turistas (8,2 % del total).*
- *Baleares: 151 000 turistas (4,6 % del total).*

INSTITUTO DE ESTUDIOS TURÍSTICOS (MINISTERIO DE INDUSTRIA, TURISMO Y COMERCIO)

9 ¿Qué asunto se está tratando en el texto?

10 ¿Cuándo recibió más turistas España, en 2005 o en 2006?

11 ¿Dónde se concentran la mayoría de los turistas que llegan a España?

12 ¿De qué países provienen principalmente esos turistas y en qué porcentaje?

13 Marca con un aspa los objetivos del informe sobre turismo.

Persuadir ☐   Solicitar ☐   Analizar ☐   Motivar ☐   Proponer ☐

14 Escribe un título y completa la cartela con la leyenda de este gráfico, indicando a qué comunidad autónoma corresponde cada número.

Título >

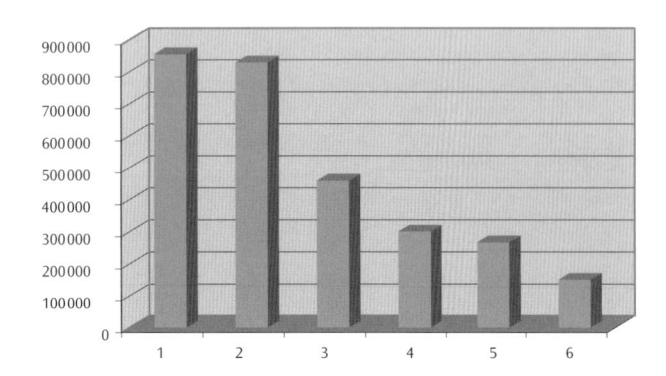

Leyenda
1. Canarias
2. _____
3. _____
4. _____
5. _____
6. _____

COMPÓN TU PROPIO TEXTO

15 Te proponemos que realices el proyecto de una campaña de ayuda humanitaria. Puedes decidir tú mismo la empresa que vas a llevar a cabo o elegir entre las siguientes.

🖉 Recogida de material escolar para una población de refugiados de guerra.

🖉 Celebración de una fiesta para recoger fondos destinados a una región asolada por la pobreza.

16 Comprueba que tu proyecto responde las siguientes cuestiones.

- ¿Cuál es su justificación?
- ¿Qué objetivos se plantea?
- ¿Qué pasos son necesarios para ponerlo en marcha?
- ¿Qué recursos materiales y humanos son precisos?
- ¿Qué plazos y qué calendario contempla?
- ¿Cuál es su presupuesto?

OXFORD
UNIVERSITY PRESS

Parque Empresarial San Fernando, Edificio Atenas
28830 San Fernando de Henares (Madrid)

Oxford University Press es un departamento de la Universidad de Oxford. Como parte integrante de esta institución, apoya y promueve en todo el mundo sus objetivos de excelencia y rigor en la investigación, la erudición y la educación, mediante su actividad editorial en:

Oxford Nueva York
Auckland Ciudad del Cabo Dar es Salam Hong Kong
Karachi Kuala Lumpur Madrid Melbourne México D. F. Nairobi
Nueva Delhi Shanghai Taipei Toronto

Con oficinas en
Argentina Austria Brasil Chile Corea del Sur Francia Grecia
Guatemala Hungría Italia Japón Polonia Portugal República Checa
Singapur Suiza Tailandia Turquía Ucrania Vietnam

Oxford y Oxford English son marcas registradas de Oxford University Press.
Oxford EDUCACIÓN es una marca registrada en España por Oxford University Press España, S. A.

Material didáctico para la etapa de Educación Secundaria Obligatoria, tercer curso,
para el área de Lengua castellana y Literatura, elaborado según el proyecto editorial de Oxford Educación,
que ha sido debidamente supervisado y autorizado.
Publicado en España por Oxford University Press España, S. A.

© De esta edición: Oxford University Press España, S. A., 2007
© Del texto: M.ª Teresa Bouza Álvarez, José Manuel González Bernal, Ana Lahera Forteza,
Fernando de Miguel Losada, Alicia Romeu Rodríguez

Todos los derechos reservados. No está permitida la reproducción total o parcial de este libro,
ni su tratamiento informático, ni la transmisión de ninguna forma o por cualquier medio, ya sea electrónico, mecánico,
por fotocopia, por registro y otros métodos, sin el permiso previo y por escrito de los titulares del copyright.

Oxford University Press España, S. A., concede permiso a los profesores que empleen los materiales de Oxford EDUCACIÓN
para reproducir las páginas en las que aparezca la indicación **MATERIAL FOTOCOPIABLE** © Oxford University Press España, S. A.

Las cuestiones y solicitudes referentes a la reproducción de cualquier elemento de este libro, fuera de los límites
anteriormente expuestos, deben dirigirse al Departamento Editorial de Oxford University Press España, S. A.

ISBN: 978-84-673-2355-9
Depósito Legal: M-19460-2007
Impreso en España por Artes Gráficas Coyve, S. A.
Polígono Industrial Los Olivos
Destreza, 7
28906 Getafe (Madrid)

El uso de la tilde en este libro sigue las indicaciones señaladas
por la RAE en su *Ortografía de la lengua española* (1999).

AUTORES
M.ª Teresa Bouza Álvarez, José Manuel González Bernal,
Ana Lahera Forteza, Fernando de Miguel Losada, Alicia Romeu Rodríguez

COORDINACIÓN DEL PROYECTO EDITORIAL
Laura Pérez Arnáez

COORDINACIÓN EDITORIAL
Concepción Pérez Galán

EDICIÓN
Teresa Lozano Rodríguez

CORRECCIÓN DE ESTILO
Carmen Cremades Rubio
José M.ª Sotillos Martín

COORDINACIÓN GRÁFICA
Purificación Fernández López

DISEÑO DE CUBIERTA
Pepe Freire

DISEÑO DE INTERIORES
Departamento de Diseño de Oxford Educación

MAQUETACIÓN
DiScript Preimpresión, S. L.
Isabel Fernández López

DIRECCIÓN ARTÍSTICA
Pedro García

ILUSTRACIÓN
Marina Seoane

DOCUMENTACIÓN GRÁFICA
Belén Santiago Fondón
Ángel Somolinos Estévez

FOTOGRAFÍAS
ACI, AGE Fotostock, Cordón Press, Cover, y Archivo Oxford

AGRADECIMIENTOS
Editoriales y publicaciones periódicas: Ayuntamiento de Madrid, *ADE Teatro*,
Alfaguara, Anagrama, Ediciones B / Grupo Zeta, Elefante Blanco,
El Mundo, El País, elmundo.es, elpais.com, Instituto de Estudios Turísticos,
Lumen, Médicos Sin Fronteras, *National Geographic,* Península,
Plaza & Janés, revistanueva.com, Salamandra, Salvat, Santillana, Wikipedia